KB093472

초코 좀비

초코 좀비
ⓒ 김청귤 2024

초판 1쇄   2024년 3월 25일

지은이   김청귤

출판책임   박성규   펴낸이   이정원
편집주간   선우미정   펴낸곳   도서출판 들녘
기획이사   이지윤   등록일자   1987년 12월 12일
편집진행   이동하   등록번호   10-156
디자인진행 하민우   주소   경기도 파주시 회동길 198
편집   이수연·김혜민   전화   031-955-7374 (대표)
디자인   고유단   031-955-7384 (편집)
마케팅   전병우   팩스   031-955-7393
경영지원   김은주·나수정   이메일   dulnyouk@dulnyouk.co.kr
제작관리   구법모
물류관리   엄철용

ISBN   979-11-5925-845-9 (04810)
            979-11-5925-708-7 (세트)

고블은 도서출판 들녘의 장르문학 브랜드입니다.
값은 뒤표지에 있습니다. 잘못된 책은 구입하신 곳에서 바꿔드립니다.

초코 좀비

김청귤

goble

목차

초콜릿을 까다롭게 고르고 싶지는 않지만, 현은 너무 달콤한 향을 부담스러워했다. 화이트 초콜릿보다는 밀크 초콜릿 향이 덜 단 냄새가 나긴 했으나 내 피부에는 밀크 초콜릿보다는 화이트 초콜릿이 훨씬 어울리긴 했다. 요즘에는 과일향이나 꽃향을 합성한 초콜릿도 있다고 하지만, 현은 비가 내린 숲에서 나는 냄새나 짭조름한 바다 냄새처럼 자연적인 걸 좋아했다. 나는 어떤 것도 괜찮으니까, 나랑 늘 같이 있을 현이 괜찮을 초콜릿을 고르고 싶었다.

"이름과 코드 번호 확인하겠습니다."

"강지민, A8-5718이요."

"확인되었습니다. 오늘은 무슨 일로 찾아왔어요? 혹시 상태가 악화됐나요?"

"그건 아니고, 저번에 누가 지나가다가 제 팔에 커피를 쏟았거든요. 빨리 얼음으로 식히긴 했는데 그래도 조금 녹은 것 같아서 왔어요."

"괴롭힘은 아니죠?"

"네. 그 사람이 길을 걷다가 턱에 발이 걸려서 넘어진 거예요. 얼굴이 하얗게 질려서 몇 번이나 사과하더라고요. 세탁비도 받았어요."

담당 공무원이 고개를 끄덕이고는 책상 위에 올라간 내 팔을 자세히 살펴봤다.

"혹시라도 괴롭힘을 당하면 참지 말고 꼭 신고해주세요. 어디 보자…. 그러게요. 응급처치를 빨리 하긴 했지만 음료가 뜨거웠는지 생각보다 많이 녹았어요. 잘 찾아왔어요. 이렇게 사소한 일에도 무조건 찾아오시는 게 좋아요. 아셨죠?"

"네."

"저쪽 방으로 들어가면 돼요. 치료 잘 받으세요."

"감사합니다!"

씩씩하게 인사를 한 후에 알려준 방 앞에 섰다. 방문을 열자 달콤한 초콜릿 향기가 진동했다. 하얀색 패딩을 입고 하얀색 모자를 쓴 제빵사 언니가 웃으면서 인사했다. 쇼콜라티에가 담당인 곳도 있었으나, 이런 사소한 응급처치로 찾기에는 대기가 너무 길었다. 그래서 제일 빠르게 치료할 수 있는 곳으로 예약했는데, 제빵사 언니의 웃음을 보니 신뢰감이 생겼다.

"안녕하세요. 어디를 치료받으려고 오셨어요?"

"안녕하세요! 저 왼쪽 팔이요!"

"한 번 볼게요. 이쪽에 서서 왼쪽 팔 내밀어주세요."

팔을 들자 제빵사 언니가 헤드라이트를 켜고 내 팔을 유심히 살폈다.

"다행히 따로 녹이지는 않아도 되겠어요. 초콜릿을 살짝 붓고 모양새를 다듬을게요. 초콜릿은 골랐어요?"

"밀크 초콜릿으로 해주세요."

"요즘엔 밀크랑 화이트를 마블해서 개성을 나타내기도 하고, 색소를 섞어서 타투처럼 그리기도 하는데 밀크만 발라줘요?"

제빵사 언니 말대로 요즘에는 얼마나 예쁘게 마블링을 만드느냐, 혹은 얼마나 예쁘게 그림을 그려내느냐가 중요해서 솜씨가 좋은 쇼콜라티에나 제빵사가 배치된 병원에는 예약이 밀려 있다고 했다. 그림을 문신처럼 여길 수도 있겠지만, 매끈하게 만드는 게 아니라 초콜릿을 부어 긁어내거나 위에 덧그리기 때문에 손상이 갈 가능성이 더 높다고 했다. 어차피 그런 곳은 예약이 꽉 차 있었고, 병원에서 초콜릿만 바르고 아트만 따로 해주는 초콜릿 아트샵도 있지만, 너무 비쌌다. 무엇보다 현은 깔끔하고 단정한 걸 좋아했다.

"네. 전 기본이 좋아요."

"저도인데! 이것저것 해도 결국엔 기본으로 돌아가게 되잖아요. 저번 주에 어떤 사람이 민트 초콜릿은 안 나오냐고 묻더라고요. 헐크처럼 초록색으로 칠하고 싶다면서요. 그 사람은 바를 부위가 꽤 많은데 그걸 다 커버하려면 민트향이 진동할 텐데 말이죠."

"윽, 계속 치약 냄새가 난다니…."

"그죠? 그래도 민트 초콜릿을 원하는 사람이 꽤 많아서 계속 연구는 하나 봐요. 향도 기본이 좋아요? 이번에 딸기향 초콜릿 시제품이 나왔거든요. 색은 밀크 초콜릿이고요. 다음에 올 때 설문조사를 해주면 그걸로 발라줄 수도 있어요. 향이 정말 달달하고 상큼해서 바르면 좋을 거예요. 바를 부위도 적으니까 은은하게 날 거고요."

"괜찮아요. 그냥 순수 밀크 초콜릿으로 해주세요."

"알았어요. 이쪽으로 와요."

제빵사 언니를 따라 가자 내 팔이 들어갈 만한 커다란 볼 위에 철망이 얹어져 있는 게 보였다. 제빵사 언니는 전자레인지에 초콜릿을 돌리고 중간중간 전자레인지를 열어 제대로 다 녹았는지 초콜릿 상태를 확인했다. 이 방은 보통 사람은 추위를 느낄 정도로 온도를 낮춘 상태이기 때문에 초콜릿을 재빨리 발라야 했다. 언니가 다

녹은 초콜릿을 꺼내자, 나는 바로 철망에 닿지 않게 팔을 띄워 올렸다. 제빵사 언니는 그걸 보고 살짝 웃더니 솔로 초콜릿을 찍어 왼쪽 팔꿈치 쪽에 움푹 파인 부분을 쓸어내렸다.

아프지도, 뜨겁지도, 간지럽지도 않았다. 어떤 사람은 치료가 끝날 때까지 시선을 돌리거나 눈을 감고 있다던데, 나는 주삿바늘이 내 몸을 찌르는 걸 지켜보던 아이였기 때문에 뚫어지게 바라봤다.

피부에 발라진 초콜릿이 솔의 움직임에 따라 부드럽게 섞였다. 솔이 지나간 자국은 제빵사 언니가 재빨리 스패츌러에 초콜릿을 소량 묻힌 후 섬세하게 발라서 지웠다. 왼쪽 팔꿈치가 접히는 관절 부분도 다시 보강해줬다. 이 작업을 할 때 중요한 건 얼마나 빠르고 매끈하게 바르는지, 초콜릿은 얼마나 오래 가는지였다. 제빵사 언니의 바르는 솜씨만 봐도 초콜릿을 바른 부분이 오래 갈 것 같았다. 다음에도 이 언니를 찾아오고 싶을 정도였다.

"다 했어요. 이 안이 추워서 금방 굳기는 했지만 그래도 30분 정도는 앉아 있어요. 30분 후에 팔을 움직여보고, 그러고도 괜찮을 때 돌아가요. 알았죠?"

"감사합니다! 제빵사 언니 명함 있어요? 일 있을 때 언니가 담당하는 병원으로 예약하고 싶어서요!"

"정말요? 고마워요! 내가 아트 솜씨는 부족하지만, 그래도 기본은 잘 하거든요. 그런데 요즘은 잘 못 발라도 아트로 꾸미면 되니까 그런 분들한테 예약이 몰려서 자신감이 많이 떨어진 상태였는데 진짜 고마워요. 여기 명함이요."

제빵사 언니가 환하게 웃으면서 주머니에서 명함을 건네줬다. 초콜릿을 바른 왼쪽 팔은 움직일 수 없어서 오른손만 내밀어 명함을 받았다. 한글로 제일 크게 '아이'라는 가게 이름이 적혀 있었고 그 아래에 제빵사 언니의 이름과 핸드폰 번호, 인스타그램 주소, 가게 주소가 적혀 있었다. 뒤편에는 초콜릿을 끼얹은 한 몽실몽실한 빵 그림이 보였다.

"멍야오? 무슨 뜻이에요?"

"아름다운 꿈이라는 뜻이에요."

"예쁜 이름이에요! 그러면 아이는요? 어린아이 할 때 아이예요?"

"그것도 맞고 나를 뜻하는 영어 아이이기도 하고, 중국어로 사랑을 뜻하기도 해요. 혹시 급한 일 생기면 병원 예약 안 하고 매장으로 찾아와도 해줄게요."

"멍야오 언니, 감사합니다!"

멍야오 언니의 배웅을 받으며 대기실로 돌아갔다. 대기실은 선선한 바깥 온도와 비슷했다. 왼쪽 팔을 늘어뜨린 채 의자에 가만히 앉아 있는데 핸드폰 진동이 느껴졌다. 현이었다. 이름을 떠올리기만 해도 웃음이 새어 나오는 내가 웃겼다. 현이 나이를 먹어 쭈글쭈글 할아버지가 되어도 현을 생각하면 웃음이 나올 것 같았다.

[현이 : 다 끝났어? 어때? 잘 됐어?]

[나 : 응! 방금 끝났고 이제 30분 대기 시작ㅜㅜㅜ]

[현이 : 카페에서 공부하고 있을 테니까 이쪽으로 와!]

너 보여주려고 열심히 찾은 카페야. 넘어지거나 부딪치지 않게 조심해야 해!]

[나 : 내가 애냐! 얌전히 누나를 기다리고 있도록!]

햄스터가 쳇바퀴를 구르며 오케이 하는 이모티콘과 함께 카페 약도가 메시지로 도착했다. 병원에서 십 분 거리에 위치한, 바다가 모티브인 개인 카페였다. 생긴 지 몇 달 안 된 것 같은데 인기가 많은지 리뷰가 몇백 개나 있었다. 사진 리뷰 중 하나를 클릭했다. 레진으로 바다와 파도를 만들고 모래를 뿌려 그럴듯한 바다 흉내를 냈고, 군데군데 수초와 해수어 어항을 두었다. 정각이 되면 십 분 동안 파란 조명으로 바꾸고 파도 소리를 틀어서 바닷속에 있는 듯한 기분이 든다는 후기가 보였다. 현은 바다에 가기 어려운 나를 위해 이 카페를 찾은 걸까? 그 마음이 너무 예뻤다. 현의 청량한 웃음을 떠올리자 절로 웃음이 나왔다.

내가 심장이 뛰었다면, 현이 무슨 말을 할 때마다 얼굴이 빨갛게 변했을지도 모르겠다. 토할 것처럼 속이 울렁거리고, 민들레 홀씨를 삼킨 것처럼 간질간질하고, 100미터 달리기를 한 것처럼 심장이 터질 것 같고, 답장이 얼른 오지 않으면 초조해서 손톱을 물어뜯었을지도 모르겠다.

그러나 나는 심장이 멈춰버려서 현이 무슨 말을 해도 떨리지 않고, 숨이 멎을 것 같지도 않으며, 속이 울렁거리지도 않는다. 현이 좋아하는 음식도 같이 먹지 못하고, 현이 넘어지려고 해도 잡아주지 못한다. 나는 정기적으로 신체를 초콜릿으로 코팅하며 보존하는 좀비고, 현은 일반인이었으니까.

그래도 널 정말 좋아해. 이미 멈춰버린 심장이 뛰는 것 같은 착각이 들 만큼, 아주 많이.

기다리는 동안 내가 왜 이렇게 현을 좋아하게 되었나 생각해봤다. 특별한 계기는 없었다. 태어나기 전부터 함께 있었으니 운명인지도 모르겠다.

현과 나는 태어나기 전부터 아주아주 절친한 친구가 될 수밖에 없었던 사이였다. 우리의 엄마들은 고향에서부터 같이 자란 단짝친구였고, 각자 결혼하고 서로 다른 지역으로 이사를 간 후에도 꼬박꼬박 연락을 하며 만나는 날을 손꼽아 기다렸다. 엄마들끼리 그렇게 친하게 지내니 아빠들끼리도 점점 가까워졌다. 그러다가 우리 가족이 현의 가족이 사는 동네로 이사하게 되었다. 거리가 가까워지자 부모님들은 더 자주 만났다. 다 같이 모여

캠핑도 하고 낚시도 하고 여행도 다녔다. 그러다가 엄마들이 비슷한 시기에 임신을 했으니, 우리는 뱃속에 있을 때부터 친구나 마찬가지였다.

입맛도 취미도 비슷한 엄마들이었지만 입덧만은 달랐다. 우리 엄마는 음식 냄새만 맡아도 헛구역질을 했던 반면, 현의 엄마는 무언가를 끊임없이 먹었다. 현관문 비밀번호도 알아서 서로의 집에 스스럼없이 오가는 사이였지만, 입덧 시기에는 서로를 배려하고자 문을 꽁꽁 닫고 살았다.

시간이 흘러 내가 먼저 태어나고 일주일 뒤에 현이 태어났다. 현은 순했으나 너무나 얌전했고 나는 극성맞다는 말이 나올 정도로 까탈스러웠다. 현은 바닥에 눕혀서 배를 토닥이면 자는 아이였고 나는 등에 센서가 달린 것처럼 등이 닿으면 자지러지게 우는 아이였다. 그러나 현과 함께 있을 때 내가 햇살 아래 누운 고양이처럼 평화롭게 잠을 잤다고 했다. 내가 며칠 내내 밤에 자지 않아 돌아버린 엄마가 그 모습을 보고 기가 막혀 한 뒤, 기절

하듯 잠을 잤다는 건 아직도 듣는 이야기였다.

현과 나는 서로가 있어야 까르르 웃었고, 투정 없이 깊은 잠이 들었으며, 토하지도 않고 꿀떡꿀떡 밥을 먹었다. 현네 앞집이 비었을 때 우리 가족이 이사한 건 당연한 일이었다.

가까이 살아서 우리 가족만 좋은 건 아니었다. 현은 지나치게 얌전하고 순해서 기저귀를 갈아 달라고 울지도 않고 배가 고프거나 졸려도 칭얼거리지 않았다. 눈앞에 있는 물건을 따라 눈동자도 잘 따라가고 눈맞춤도 잘하고 배시시 웃는 것도 잘했는데, 의사 표현을 안 해서 현의 부모님이 엄청 걱정하고 전전긍긍했다고 들었다. 그런데 나랑 같이 있으면 소리 내어 웃기도 하고, 내가 배고파서 입을 삐죽이면 그런 나를 따라 같이 입을 삐죽였다고 했다. 그래서 우리 둘이 똑같은 표정을 지은 사진이 많았다.

우리가 아기였을 때부터 어른들은 "쟤들 결혼시키자."는 말을 입버릇처럼 했다. 서로의 성별이 다르고, 몸의 선이 다르게 자라고, 내가 생리를 하고 현이 몽정을 하고, 눈높이가 달라지고, 다른 친구들이 생겨도 제일 친한 사람은 서로였다. 우리는 서로가 서로의 단짝이었다. 어른들의 입버릇이 아니더라도 젓가락 한 쌍, 양말 한 켤레처럼 평생 같이 있을 거라고 생각했다.

그러나 내가 죽었다가 되살아난 지금, 우리는 앞으로도 계속 같이 있을 수 있을까? 네가 보는 내가, 정말 나일까?

10년 전, 태평양에 있던 쓰레기섬이 사라지고 그것을 대신하듯 거대한 나무가 생겨났다. 위에서 떨어진 것도 땅에서 솟은 것도 아니었다. 갑자기 하늘을 뒤덮을 듯 커다란 나무가 제 뿌리를 내릴 수 있는 땅과 함께 나타났다. 지구 종말, 외계인 침공, 평행우주, 다른 차원 등별소리가 나왔지만 확실한 건 없었다. 연구자들이 재빨리 다가가 살펴보고 연구해봤지만 지구에 없는 무언가라는 것만 알 수 있었다.

바다에 무거운 게 생긴 만큼 해수면이 상승할 것 같았으나 나무가 바닷물을 흡수하는 것처럼 도리어 해수면이 하강해서 잃어버린 땅을 되찾을 수 있었다. 이제는 바다를 잃어버리는 게 아니냐는 근심이 터져나왔으나, 밤이 되면 나무에서 뿜어져 나오는 안개가 바다의 높이를 유지시켰다.

나무에서 나오는 안개를 모아 분석하니 미세플라스틱도 방사능도 없는 깨끗한 물이었다. 나무는 더러운 바닷물을 흡수하고 정수를 뿜었다. 더군다나 쓰레기를 먹고 생겼으니 나무의 존재 자체를 기적이라고 말하는 사람들이 늘어났다. 기후위기로 지구의 온도가 많이 올라가 멸종된 동식물들이 많았는데, 나무의 영향 때문인지 빠르게 변이해 번식하기 시작했다. 30도 가까이 되는 바다에서 처음 보는 산호가 생생히 뻗어나왔고, 오랫동안 바다에 잠겼던 땅에서 초록색 식물이 자라났다.

과학자들은 알 수 없는 나무를 연구하기보다 나무로 인해 발생한 것을 연구하기로 했다. 먹을 수 있는지, 재배가 가능한지, 활용 방법은 무엇이 있는지, 이 속도면 바다 정화는 몇 년 정도 걸릴 것인지 등등.

어떤 사람들은 나무를 수호수라고 부르며 숭배하기

도 했다. 지구의 높아진 온도가 낮아지진 않았지만, 전보다 더 살기 좋아진 건 맞으니 수호수라는 이름이 틀린 건 아니었다. 수호수가 갑자기 나타난 것처럼 사람들이 갑자기 좀비가 되지만 않았어도 수호수는 지구의 새로운 종교가 될 수 있을지도 몰랐다.

수호수가 나타난 지 5년이 지났을 때 생긴 일이다. 미국에서 어떤 여자가 장례식을 치르는 도중에 부활했다. 여자는 삶이 다시 시작되어 얼떨떨하면서도 기쁜 마음으로 남자에게 달려갔으나, 되살아난 아내를 보고 겁에 질린 남편은 저도 모르게 거세게 아내를 밀치고 말았다. 여자는 의자에 부딪치고 바닥을 뒹굴며 산산조각이 났다. 그 영상을 계기로 되살아난 시체가 전세계에 알려졌다. 사람들은 수호수가 처음 나타났을 때처럼 패닉에 빠졌다. 무슨 일이 일어나고 있는지 알고 싶어하면서도 두 번은 없을 일이기를 바랐다.

그러나 한 사람이 뉴스에 직접 나와 인터뷰를 했을 때, 사람들은 변화가 이미 일어나고 있음을 깨달았다.

"잠들었다가 일어났어요. 그날따라 아침에 일어나는 게 힘들지도 않았고, 오히려 아주 깊은 잠에서 망설임 없이 눈을 떴죠. 크게 춥지도 덥지도 않은 좋은 날이라서 일어나 기지개를 켰는데 책장에 팔이 부딪치고 말았어요. 멍들겠다. 부딪치자마자 그렇게 생각했죠. 그런데 아니었어요. 부딪친 피부에 실금 같은 게 생기더니 조각나서 바닥으로 한들한들 떨어졌어요. 수분을 잃고 힘이 다 빠져서 어쩔 수 없이 떨어지는 낙엽처럼요. 피가 나지도 않았고 통증도 없었어요. 그때 깨달았죠. 아, 난 죽었다가 되살아났구나. 그러니까 전 기적의 증거예요. 이 또한 수호수님께서 베푸신 은혜가 분명합니다. 다들 수호수님을 믿으세요!"

갑작스러운 외침으로 인터뷰는 급하게 종료되었으나 피부가 괴사 아닌 괴사가 되는 질병이 퍼지고 있다는 게 알려졌다. 그 후 자신이 죽었다 살아났다고 하는 몇몇 사람들을 진료한 결과, 정말 죽었는데 심장이 멎은 채로 되살아난 사실이 확인되었다.

처음에야 기이한 사건사고, 괴담, 은혜, 부활이었지, 이런 존재가 우후죽순으로 생기면 하나의 사회현상이 된다. 혹은 인간이 어찌할 수 없는 자연재해로 취급되거나. 나중에야 연구를 통해 수호수에서 비롯된 균, 바이러스, 곰팡이, 생명수 등이 사람에게 영향을 끼쳐 죽은 사람이 되살아난다는 게 알려졌지만 말이다.

먼 나라에서 벌어지는 일은 신기한 이야기거리지만, 동네 사람에게 같은 일이 벌어지면 무섭고 조심하게 되는 법이다. 심장이 멎었는데도 움직이는 모습을 보고 하나같이 입을 모아 좀비라고 불렀다. 영화 속 존재처럼 신체가 썩거나(오히려 통증이 없어 좋다는 사람도 있다), 이성이 없거나(평소와 똑같을뿐더러 성격도 여전하다), 죽었다가 깨달았다고 사람이 달라지는 것도 아니었다. (삶에 대한 태도 변함없었다.) 오히려 너무 많은 사람이 좀비가 되어서 일상이 마비되고 말았다. (일할 사람이 없다는 뜻이다.)

손상된 부위만 가리면 외모적으로 특별히 다른 것이 없어서 좀비는 혐오스러운 존재가 아니었다. 만약 좀비가 영생을 살면 좀비가 되고 싶다며 부러워하는 사람이 있을 수도 있겠지만, 머리나 심장 쪽에 손상이 가면 좀비도 일반적인 '죽음'을 맞이했다.

추우면 나뭇잎을 떨어뜨리는 나무와 반대로, 좀비는 날이 너무 더우면 살이 부서지는 속도가 빨라지고, 손상된 부위가 더 커졌다. 다행히 날이 추워지면 이 괴사 아닌 괴사는 아주 천천히 진행되었다. 얼굴 부분이 손상되는 건 극히 드문 경우라 몸만 잘 가리면 일상생활이 가능했다.

그러니까 인간이든 좀비든 학교나 회사에 다니거나 취업 준비나 아르바이트를 한다는 뜻이었다. 물론 좀비라서 식품 관련 일은 못 하고, 너무 무거운 물건도 못 들고, 더울 때도 일을 못하지만 말이다. 대신 좀비이기 때문에 잠을 안 자도 되고 통증도 없고 병에 걸리지도 않았다. 서늘한 환경만 조성이 되면 언제든지 일할 수 있어 각자의 자리에서 열심히 일했다. 다시 사람으로 돌아갈 수 있을지도 모른다는 희망을 가졌으며 돈도 많은 몇

몇 좀비들은 냉장창고 안에서 의식을 끊은 상태를 유지하기도 했다.

수호수가 없을 때는 에너지 소비를 줄이기 위해 여름에 에어컨 트는 시간을 줄이고 에어컨 설정 온도를 높였으며 겨울에는 난방하기보다 옷을 더 껴입었지만, 쓰레기를 먹고 자라는 수호수 덕분에 거리낌 없이 에너지를 낭비하고, 마음껏 소비할 수 있었다.

좀비들은 일정 온도를 유지하는 실내에만 있을 수가 없어서 신체를 잘 보존할 수 있는 방법을 찾아야 했다. 그러나 그 무엇으로도 신체의 형태를 보존할 수 없었다.

좀비들이 소극적인 활동만 하던 어느 날, 유서 깊은 명문 빵집 성심당에서 일하는 제빵사가 방법을 찾아내고야 말았다. 제빵사의 가족 중 한 명이 좀비가 되었는데, 성심당에서 파는 초코 튀김소보루에서 착안해 손실된 부분을 초콜릿으로 코팅해봤다. 그러자 살 떨어지는 속도가 현저히 줄어드는 데다가 미관상 보기도 좋고 움직이는 것도 훨씬 수월해지는 현상을 발견한 것이다.

이것을 바탕으로 사람들은 어떻게 하면 초콜릿이 잘 녹지 않고 움직일 때도 쉽게 부서지지 않을 수 있는지를 연구했다. 수호수가 나타난 후로 좀비 현상이 발생했으니 수호수에 답이 있는 건 아닐까? 누군가가 떠올린 질문에 수호수에서 발견된, 지구에는 없는 성분들을 초콜릿과 결합하는 연구를 시작했다. 그 결과 섭취가능한 초콜릿보다 녹는점이 높고, 관절을 접을 때 부서지는 게 아니라 수축과 팽창을 하며 코팅상태를 유지하는 좀비 전용 초콜릿이 개발되었다.

이 초콜릿은 좀비들에게 보급되었고, 일반인들의 거부감을 줄이기 위해 좀비가 아니라 '초코 좀비'라는 명칭이 정식으로 채택되었다. 이제 그냥 좀비라고 하면 멸칭이라나 뭐라나.

초콜릿이 개발된 이후 엄청 더운 한여름만 조심하면 되니 초코 좀비의 활동량과 수명이 늘어난 건 당연한 일이다. 이제는 초코 좀비가 인간의 일자리를 위협하고 있다는 말까지 돌 정도였다. 그럴 때마다 "그럼 자기들도 좀비가 되어 보던가."라는 빈정거림이 나오긴 했지만 말이다.

초코 좀비는 열에 취약해서 햇볕도 조심해야 하지만, 뜨거운 음료도 조심해야 하고, 살이 언제 떨어질지 몰라 스킨십도 조심해야 한다. 손도 못 잡고, 머리를 맞대고 잠도 못 자고, 춥다고 서로를 끌어안지도 못한다. 현은 내가 좀비가 되었어도 여전히 내 곁에 있지만, 손끝 하나 닿는 것도 주의해야 했다. 잠깐 정도는 괜찮을 거라고 아무리 졸라도 현은 단호하게 거절했다. 그런 현이 밉기도 했지만, 그보다 더 많이 좋아하는 감정이 차오르기도 했다. 오래오래 나와 같이 있고 싶다는 뜻 같아서, 그걸 확인하고 싶어서 때때로 현을 조르는 건지도 모르겠다.

시간이 지나서 코팅이 잘 되었다는 걸 확인한 후, 현이 있는 카페로 갔다. 좀비는 전염되는 게 아니라 자연 발생한다는 게 밝혀졌지만 여전히 사람들은 좀비를 특이하거나 약간 꺼림칙한 존재로 생각했다. 어떤 사람들은 빤히 쳐다보고 어떤 사람들은 멀찍이 비켜서 지나갔다. 멀리 떨어져서 핸드폰을 내 쪽에 대고 촬영하는 듯한 사람도 봤지만 무시한 채 양산만 더 내려썼다. 하나하나 신경쓰면 한도 끝도 없었다.

카페는 공간을 몇 가지로 나누어 각각의 테마에 맞게 꾸며놓은 듯했다. 처음에는 바닥에 물이 깔려 있는 것처럼 보이는 공간이 나를 맞이했다. 진짜 물을 채워둔 건지 화면인지 분간이 안 될 정도로 실감났다. 라탄 소품들로 가득한 공간을 지나자 바닥에 모래가 깔린 공간에서 나를 기다리는 현이 보였다.

뻥 뚫린 문 앞에 서자 정각이 되었는지 암막커튼이 저절로 움직이며 창문을 가린 후 조명이 푸르게 바뀌었다. 경쾌하게 흘러나오던 보사노바 음악 대신 파도 소리가 카페를 가득 메웠다.

현은 푸른 빛의 물결 안에 잠겨 가만히 눈을 감고 맨발인 상태로 발가락을 꼼지락거리고 있었다. 그 옆에는 양말을 넣은 운동화가 가지런히 있었다. 그 광경을 가만히 바라봤다. 조명이 어두워서 아쉽지만, 그래도 현의 사랑스러운 모습은 잘 보였다. 진짜 바다는 아니었지만, 바다에 있는 것처럼 즐거워 보여서 좋았다.

내가 바다를 좋아해서 현도 바다를 좋아하게 되었다. 좋아하는 방식은 서로 달랐지만 말이다. 내가 강아지처럼 폴짝폴짝 뛰어 바닷속으로 들어갈 때, 현은 모래사장에 앉아서 가만히 바다를 보고 파도 소리를 듣는 걸 즐졌다. 물에 들어가 정신없이 놀다가도 모래사장에 앉아 있는 현의 연한 갈색머리가 햇빛을 받아 금색으로 빛나는 모습을 보면 어린 나이에도 그게 너무 예뻐서 하염없이 바라봤다.

내가 가만히 자기를 보고 있으면 혼자 물에 있어서 섭섭해한다고 생각했는지 현은 웃으면서 나에게 달려오곤 했다. 함께 물에서 놀다가 밖으로 나왔다가, 모래사장에 앉은 현을 뒤로 하고 나 혼자 또 쪼르르 바닷속으로 들어갔다. 내가 물에서 나오면 현은 시원한 음료수를 건네주고, 물기가 뚝뚝 떨어지는 내 머리도 닦아주었다. 그래서 현이 계속 함께 놀아주지 않는다고 서운함을 느낀 적은 없었다. 고개를 돌리면 언제나 현이 있었으니까.

다시는 함께 할 수 없는 일이 되었지만 말이다.

나만 아니었더라면 다가오는 여름에 바다를 보러 갈 텐데. 나는 어차피 한여름이 되면 냉장창고에 들어가니까 가족들과 함께 놀다와도 되는데, 내가 없으면 절대로 안 간다고 고집을 부려서 가족들 모두 내가 좀비가 된 이후로 여름 바다는 간 적 없었다. 강렬한 햇빛 아래 누구보다도 빛나는 게 현인데….

그렇지만 이런 생각을 하는 걸 알면 슬퍼할 게 뻔해서 애써 내 속을 달랬다. 모래 위를 조심스럽게 걸어 현에게 다가가 찻잔에 있는 스푼을 들어 테이블을 살짝 두드렸다. 그러자 현은 눈을 반짝 뜨고 나를 올려다보며 살짝 웃었다.

"지민아 잘하고 왔어?"

"응. 여기 분위기 좋다."

"그치. 바닷속에 있는 거 같지? 너에게 바다를 느끼게 해주고 싶었는데 이런 곳이 있어서 다행이야."

이현. 어느 순간부터 보고 있으면 마음이 떨리는 내 첫사랑. 현이 엄마가 태교로 첼로 음악을 많이 들었다고 하던데, 현이의 목소리는 첼로처럼 부드럽고 따스하며 다정했다. 그래서 현이 내 이름을 부를 때마다 뱃속이 간지러웠다. 한껏 담은 애정이 고스란히 느껴져서 기쁘기도 하고 슬프기도 하다. 내가 초코 좀비가 아니었다면 기쁘기만 했을 텐데, 이럴 때마다 아쉬울 뿐이었다.

현은 변하는 것보다 있는 그대로를 유지하는 걸 더 좋아했다. 자기 가족, 자기 물건, 자기 집, 자기가 다니는 길, 밥을 먹는 시간 등 자기의 것과 자기가 만들어낸 규칙을 지키는 걸 중요하게 생각했다. 칫솔이 벌어져 엄마가 말없이 바꾸면 무표정한 채 가만히 있었고, 엄마가 책을 읽어주기로 했는데 다른 일이 생겨 못 읽어줘도 침묵했고, 구매목록을 적어 아빠와 같이 마트에 갔는데 목록에 없는 걸 장바구니에 담으면 그걸 다시 뺄 때까지 움직이지 않았다. 현의 부모님은, 차라리 뭐 사달라고 울면서 떼를 쓰는 게 낫지, 왜 하기로 한 걸 지키지 않느냐는 듯 빤히 쳐다보면 숨이 턱턱 막혔다고 하셨다.

유일한 예외가 나였다. 나는 천방지축 사고뭉치에 눈을 떼면 어디론가 튀어나가며 궁금하면 뭐든지 입에 넣는 아이였다. 오죽했으면 산책을 나갈 때 엄마가 내 허리에 끈을 묶고 다녔을까. 동네에서 땅에 발이 닿지 않기로 소문난 아이라서 그 모습을 봐도 아동학대라고 오해하는 일은 없었다.

나보다 커다란 강아지를 만나면 맞서서 왈왈 짖었던 게 아직도 생각난다. 엄마는 익숙한 듯 죄송하다고 사과하고 나는 강아지랑 사이좋게 짖으며 코를 킁킁거리고 강아지 보호자는 웃음을 참았지…. 개들 사이에서 인기가 하도 많아져서 내가 공원에 떴다 하면 대부분의 개가 날 반겨줬다. 같이 간식도 나눠 먹고 산책도 하고. 아주 즐거운 한때였다. 초코 좀비가 된 이후로는 친한 개들을 만나도 거리를 유지한 채 아는 척을 했다. 초콜릿이 개에게 독이라고 해서 혹시라도 개들이 나를 핥을까 봐 가까이할 수 없기 때문이었다.

동물에 큰 관심이 없고 변화를 싫어하고 정리정돈과 계획을 좋아하는 현은 나와 있을 때 사건사고가 벌어지면 짜증은커녕 즐거워하며 나를 걱정하고 보살펴주었다. 어떨 때는 나를 도와 같이 사고를 치기도 했다. 온몸이 물감 범벅이 된 우리를 보고 현이 엄마가 웃는 듯 우는 듯 지었던 표정이 아직도 생생하다. 현의 엄마가 나를 씻기면서 "지민아, 우리 현이 평생 책임져줄래?"라고 속삭였을 때 뭣도 모르고 고개를 끄덕였던 것도. 누가 누구를 책임지는 건지 모르겠지만, 우리는 지금까지 함께였다.

"네 덕분에 이런 곳에도 와보네."

"얼른 앉아. 제빵사 선생님이 잘 치료해줬어?"

"응! 오늘 나 치료해주신 언니 솜씨가 너무 좋아서 명함까지 받아왔어."

"잘됐다. 어디 봐봐."

옛날 같으면 스스럼없이 손을 뻗어 내 손이나 팔을 잡고 당겼을 텐데 이제는 손짓만 한다. 그래도 나를 보며 윤슬처럼 반짝이는 눈동자는 예전과 똑같아서 안심이 된다. 맞은편에 앉아서 팔을 내밀었다. 아직 조명이 푸른 빛이라 제대로 보이지 않는데도 진지한 표정을 하고 내 팔을 살펴보더니 마음에 드는지 고개를 끄덕였다.

"정말 깔끔하게 잘됐다. 다음에는 이분께 바로 연락 드려도 되겠어."

"그치! 기다리는 동안 공부는 많이 했어?"

"그럭저럭? 생각해둔 분량까지 다 풀고 잠시 쉬고 있었어."

"오, 역시 모범생이네. 이번 모의고사도 네가 1등이겠다!"

"하는 만큼 결과가 나오겠지. 너는 어떤 거 주문해줄까? 여기 바다소다랑 블루레몬에이드랑 블루솔티드커피가 시그니처고 디저트로는 금빛모래사장티라미수랑 석양오렌지케이크가 유명해. 역시 여기에서만 파는 시그니처가 좋지? 솔트커피랑 오렌지케이크로 할까?"

현은 내가 먹지 못 해도 내 몫의 음료를 꼭 주문해준다. 깔끔한 차 종류를 좋아하면서도 이런저런 음료를 주문하고, 달콤한 디저트를 별로 좋아하지 않아 미간을 찌푸리면서도 열심히 맛을 보고 어떤 맛인지 설명해준다.

나는 요리가 취미였는데 가족들이 좋아하는 모습을

보면서 요리사가 되고 싶었다. 내가 요리에 능숙하지 못했을 때부터 열심히, 맛있게 먹어주더니 이제는 좀비가 된 나 대신 맛을 보고 내가 시키는 대로 칼질을 하고 간을 맞춰서 요리까지 한다. 손에 밴드를 덕지덕지 붙인 채로 이제 칼질을 그럭저럭한다며 자신을 시켜 만들면 되지 않냐는 너를, 어떻게 좋아하지 않을 수 있겠어?

물론, 가끔, 아주 가끔 내가 아닌 나를 대하는 네가 조금 밉긴 하다. 나, 카페인에 민감해서 커피 원래 잘 안 먹잖아. 이 말은 꿀꺽 삼켜버리고 웃으면서 말했다.

"바다소다랑 석양오렌지케이크가 궁금해. 그걸로 주문해줘."

"응. 갔다 올게."

현이 카운터에 주문하기 위해 일어나자 주변에 있던 사람들의 시선이 쏠렸다. 일렁이는 조명으로도 잘생긴 얼굴을 가릴 수 없는 거다. 오히려 몽환적이고 신비로운 분위기가 더 살아서 눈을 뗄 수 없게 만들었다.

사람들의 고개가 현의 움직임을 따라 꺾이더니 공간

밖으로 나간 후에야 소리 없는 비명을 질렀다. 때마침 조명이 원래대로 돌아오고 암막커튼이 저절로 젖히며 밝고 개방감 있는 공간이 되었다. 환한 빛이 돌아오자 몇몇 사람들의 얼굴에 홍조가 생기고 눈이 반짝반짝한 게 보였다. 잘 생겼다, 훤칠하다, 몇 살일까 하며 수군거리고 있었다.

같이 있던 애는 여자친구일까? 하며 이쪽을 쳐다보는 게 느껴졌다. 어떤 사람은 눈동자만 돌려 힐끗거렸고, 어떤 사람은 고개를 고정한 채 날 빤히 살폈다. 환한 조명 아래 초콜릿을 바른 팔이 선명하게 보였다. 테이블 아래로 팔을 내릴까 하다가 가만히 있었다. 내가 잘못한 건 없었다. 나는 웃으면서 하나하나 눈을 마주쳤다.

"저 남자애는 전생에 무슨 죄를 지었길래 저럴까?"

"그러게. 야, 맞아. 며칠 전에 자기 전생이 떠오른 좀비에 대해 기사 난 거 봤어? 수호수가 나타난 후로 전생이 떠오른 사람이 있다고 하긴 하는데 무슨 좀비까지 전생을 떠올려? 좀비는 이미 죽은 사람이니까 좀비의 전생은 그 사람이 살아 있을 때 아닌가? 좀비들, 진짜 사람으로 쳐줘야 하는 거야? 아니 왜, 다른 차원에서 지구 침략하려고 사람 행세를 한다는 음모론도 있었다고."

"그래도 그 초코 좀비가 식량 연구에 도움이 된 건 맞잖아."

"초코 좀비의 무해함을 알리려고 쇼한다는 말도 있어. 저 남자애가 뭣도 모르고 이용당하는 거면 어떡해?"

"야, 야, 쟤가 너 쳐다본다. 들었나 봐."

"들었으면 뭐 어쩔 건데?

그러나 저 사람들에게는 차마 웃어줄 수가 없었다. 아무리 법으로 차별을 막아도 모든 개인의 생각을 막을 수는 없는 걸 안다. 외계인, 차원 이동, 평행우주 등 다양한 소문과 음모론이 퍼지고 있다는 것도 안다. 그렇지만 당사자가 바로 코앞에 있는데 할 이야기는 아니잖아. 초코 좀비가 된 이후로 눈물이 나오지 않아 다행이었다. 아니었으면 울음을 참기 위해 안간힘을 썼을 테다.

시선을 돌리려는데 저들 중에 할 말은 다 하고 사는

사람이 있었는지, 한 언니가 성큼성큼 이쪽으로 다가왔다. 그 언니의 일행은 말리기는커녕 내가 어떤 반응을 보일지 궁금한지 아예 몸을 돌려 이쪽을 보고 있었다.

"뭐 하나만 물어볼게요. 학생이랑 저 남학생이랑 무슨 관계예요?"

"왜요?"

"애인은 아니죠?"

"언니랑 무슨 상관인데요?"

"좀비랑 일반인이랑 사귀어서 좋을 거 하나 없어요."

내가 일반인일 때 현과 같이 다니면 우리가 애인 사이라고 생각해 접근하는 사람이 없었지만, 초코 좀비가 된 이후로는 근처에서 흥을 보다못해 직접 다가와 말을 거는 사람이 꽤 있었다. 나는 여전히 나일 뿐인데, 초코 좀비라는 이유 하나만으로 우월감을 가진 채 현이 아깝다며, 나보고 주제 파악을 하라고 했다. 자기들끼리 하는 대화야 어쩔 수 없겠지만, 나에게 말을 걸면서 좀비라고 부르다니. 친근감을 위해 초코 좀비라고 부르기로 사회적으로 합의했는데 그냥 좀비라고 부르는 게 차별이라는 걸 모르나?

"아까 대화에서도 그냥 좀비라고 하는 거 들었어요. 초코 좀비와 일반인을 차별하는 건 법적으로 금지된 일이란 거 아시죠? 신고하기 전에 가세요."

"나도 좀비예요."

언니가 속삭이더니 남에게 보이지 않게 상의를 살짝 들춰 배를 보여줬다. 깨끗하게 발린 화이트 초콜릿이 배를 뒤덮고 있었다. 겉으로 드러난 팔이나 다리가 멀쩡해서 좀비가 아닌 줄 알았다. 옷으로 가려지는 부위만 손상되어 부럽다는 생각이 들었으나 이내 지웠다. 손상된 부위가 장기에 가까워질수록 단명한다는 건 이미 알려진 사실이었다. 그래서 몸이 손상된 몇몇 초코 좀비들은 죽기 전까지 일반인 행세를 한다고 들었다.

"아무리 좀비와 인간이 서로를 사랑한다고 해도 서로 힘들어지기만 해요. 알겠어요? 어차피 인간은 인간이랑 이어진다고요."

이 언니도 일반인 행세를 하고 있는 거겠지? 울음을 참는 것처럼 입술을 깨물고 있었지만 눈에 물기가 맺히지 않아 어색하게 보일 뿐이었다. 아마 일반인이었을 때의 습관일 것이다. 언니는 애써 눈물을 참는 것처럼 어설프게 웃음을 지었다.

"예전에는 동성애가 인정받지 못했다는데 지금은 아니잖아요. 그러니까 우리도 어떻게 될지 모르는 일이에요."

"동성애는 인간과 인간이 사랑하는 거죠. 우리는 좀 비잖아요…. 오지랖 부려서 미안해요. 그렇지만 학생이 덜 아프길 바라니까 하는 말이에요."

언니가 어린 동생을 보듯 안쓰러운 목소리로 속삭였지만, 나는 입을 굳게 다물고 고집스럽게 입구 쪽만 바라봤다. 언니는 한숨을 깊게 내뱉었다.

"그리고 얼른 나가요. 싫어하는 사람들이 더 있을 거예요."

빠르게 속삭이고는 제자리로 돌아가는 언니의 뒷모

습을 보고 조금 화가 났다. 전염되지 않고 보기 흉하지 않게 초코 코팅을 했다고는 해도, 좀비라는 존재 자체를 꺼리는 사람이 많은 건 어쩔 수 없었다. 그러나 자기는 일반인 흉내를 낼 수 있으니, 초코 좀비라는 티가 확 나는 나에게 얼른 나가라고 하는 태도가 너무 웃겼다. 일반인과 좀비는 이루어질 수 없다면서 충고까지 해놓고 나가라고? 싫어하는 사람들이 있을 거라고? 그러는 언니도 초코 좀비 아니냐고 크게 말할까 싶다가 입을 다물었다. 저 언니는 초코 좀비인 걸 들킬까 늘 전전긍긍하며 살겠지. 그래, 각자의 힘듦이 있는 거니까 넘어가자.

한숨을 삼키며 언니가 한 말을 흘려보냈다. 조금 더 기다리자 현이 음료와 디저트가 올라간 쟁반을 들고 걸어왔다. 사람들이 평소처럼 대화하면서도 시선은 현을 따라가고 있었다. 익숙한 일이라서 현은 그 시선들을 아무렇지 않게 흘려보내고 내 앞에 음료와 디저트를 내려놓고 앉았다.

메뉴 이름으로 알 수 있듯이 바다소다는 푸른색 바탕

에 군데군데 파도처럼 보이는 하얀색 무언가가 있는 음료였고, 케이크는 노을빛 나는 크림을 바른 케이크였다. 나는 충분히 시간을 들여 냄새를 맡고 모양새를 확인했다. 포크로 케이크의 끄트머리를 잘라 단면을 관찰한 뒤 이등분을 해서 수제 오렌지잼이 흘러나오는 걸 확인했다. 옛날이었다면 먹어보고 만들어 보려고 연습했을 텐데…. 만들고 싶다면 현이 도와주겠지만, 열심히 공부하는 현을 방해하고 싶지 않았다.

"달아 보이는데 안 먹어도 돼."

"먹어보기 전엔 모르잖아. 내가 먹어보고 알려줄게."

현은 신중한 표정으로 실리콘 빨대를 움직여 바다소다의 파란 부분과 하얀 부분을 맛보고 오렌지잼이 없는 쪽과 있는 쪽을 차례대로 맛봤다. 달긴 단지 미간에 힘이 들어간 모습이 귀여웠다.

"바다소다는 하얀색이나 파란색이나 맛은 똑같아. 그냥 색소 차이인 것 같아. 이건 시중에서 파는 시럽이겠지? 지난 여름에 동네에 있는 카페에서 먹은 소다 음료

기억나? 그거랑 비슷해. 케이크는 상큼한 향이 나는데 레몬즙이나 그런 걸 섞은 것 같아. 잼은 달긴 한데 빵이 안 달아서 같이 먹으면 밸런스가 맞아. 아, 네가 작년 발렌타인 때 레몬타르트 만들어줬잖아. 거기에서 상큼한 맛이 좀 줄고, 단맛이 강화된 것 같아. 네가 만든 게 더 맛있다."

"난 네가 좋아하는 맛을 아니까 그렇지."

"뭐가 됐든 네가 만든 게 제일 맛있어."

어떤 맛인지 내가 알 수 있도록 우리가 함께 먹어본 것을 예시로 들어 천천히 설명하며 배시시 웃는 현이 사랑스러웠다. 음식을 먹지 못해 무슨 맛인지 희미해졌는데도, 현이 설명해주면 그때의 기억과 함께 맛이 생생하게 되살아났다.

작년 발렌타인은 내가 좀비가 되기 전이었다. 그때 현이 감기에 걸린 상태라 비타민 충전을 위해 레몬을 잔뜩 집어넣고 레몬타르트를 만들어줬다. 계속 열이 나고 코도 막혀서 기력이 없는 상태로 따뜻한 생강차와 레몬타르트를 먹고 환하게 웃던 현의 얼굴이 선명했다.

언니에게는 앞일이 어떻게 될지 모른다고 했지만, 알고 있었다. 좀비와 인간은 이루어지기 어려웠다. 오는 건 순서가 있어도 가는 건 순서가 없다며, 인간이든 좀비든 언제 죽을지 모른다며 법적인 관계를 인정해달라는 이들도 많았다. 사회적으로 일할 수 있는 인구가 줄어들어서 좀비도 노동인구로 인정해 인간과 차별하지 말라는 차별금지법이 제정된 것도 맞다.

그렇지만 좀비는 좀비 본인과 환자들을 위해 병원에 들어갈 수 없고 페스티벌이나 스탠딩 콘서트 같은 곳은 제한된다. 놀이동산같이 사람 많은 곳도 조심해야 한다. 콘서트야 집에서 관람해도 되지만 사랑하는 사람이 병원에 갔을 때 곁에 있어 주지 못한다는 게 무척이나 서럽고 슬프다고 들었다.

일하러 집 밖에 나가는 것도 조심해야 했다. 온도와 접촉에 취약하니 출퇴근길 만원버스나 지옥철은 당연히 못 탄다. 출퇴근 시간대를 조정하거나 재택근무를 하거나 초코 좀비를 위한 이동수단을 타야만 했다. 이게 또 역차별이라고 하는 사람도 있었다. 자기들은 일상생활을 하면서 생명의 위협을 느끼진 않을 텐데 말이다.

그래도 초창기에는 집안에 갇혀 있거나 안전을 위해 좀비들만 모아두고 연구를 했다는데 이렇게 길거리를 돌아다닐 수 있어 다행이었다. 노키즈존을 내걸었던 가게들이 법의 철퇴를 맞고 죄다 사라진 것처럼 법을 제정하자 노좀비존이라 했던 가게들도 사라지긴 했다. 시간이 흐르면 좀비와 인간이 법적으로 결혼할 수 있는 미래가 올 수 있을지도 몰랐다. 그게 언제쯤일지는 알 수 없지만 말이다.

두런두런 이야기를 나누고 있는데 앞치마를 맨 직원이 이쪽으로 다가왔다. 한껏 죄송한 표정과 움츠린 어깨, 공손하게 모은 두 손에서 직원이 할 말을 예상할 수 있었다.

"손님, 죄송합니다. 불편하다는 손님들이 계셔서요…."

긍정적인 미래가 오기를 바라지만 현실에서 이런 일을 겪으면 금방 좌절되긴 한다. 아무리 법적으로 금지해도 이렇게 가게 직원이나 사장이 와서 말하는 경우가 종종 있었다. 좀비로 변했을 초기에는 차별하지 말라고 싸우거나 신고하고는 했는데, 이제는 그런 것도 귀찮았다. 싸우는 것보다 더 좋은 것들로 내 하루를 채우고 싶었다. 속으로는 무슨 생각을 하는지 모르겠지만, 그래도 한껏 미안한 표정을 짓고 있는 이 사람이 무슨 죄가 있겠어. 정해진 걸 잘 지키는 현이 뭐라고 뭐라고 하려는 걸 말리고 자리에서 일어났다.

"알겠어요. 나갈게요."

"정말 죄송합니다."

"아니에요. 어쩔 수 없죠. 애는 괜찮죠? 너는 더 있다가 와."

"너 없이 내가 왜? 같이 나가자."

현이 망설임 없이 일어났다. 자연스럽게 내 손을 잡으려고 내밀었다가 손가락만 살짝 닿았다 뗐다. 초콜릿에 영향을 가지 않을 정도로 연약하게, 그러나 어쩔 수 없다고 말하면서도 상처받은 내 마음이 달래지도록 다정하게.

"돈은 환불해드리겠습니다. 정말 죄송합니다."

"사과 그만하셔도 돼요. 그래도 환불은 받을게요. 나 먼저 나가 있을 테니까 환불하고 와."

"알았어. 그늘에서 기다리고 있어."

돈 굳었다! 긍정적인 부분만 생각한 채 일어났는데 나에게 와서 충고했던 언니가 다른 사람들과 하는 대화가 귀에 박혔다.

"아니, 왜 밖에 나와서 남한테 민폐를 끼치는 거야? 직원 불쌍해…. 그러니까 아까 네가 나가랄 때 나가면 이런 망신은 안 당하잖아. 저 남자애도 불쌍하다."

"그러게. 얼굴은 예쁜데 지금은 초코 좀비잖아."

"남자들이란…. 예쁘면 다인줄 아나 봐. 그래도 남자애가 잘생겨서 인기 많을 거 같은데 왜 만나는 거지?"

"혈기왕성할 때인데 불쌍하다. 손은 잡아봤을까?"

"어떻게, 이 누나가 가서 사랑이 뭔지 알려줘?"

깔깔거리는 언니들 옆에 서서 내려다봤다. 언니들은 내 인기척을 느끼고 고개를 들었다. 내 존재를 확인하고 깜짝 놀란 언니, 뭐 어쩌라며 불쾌한 기색을 보이는 언니, 이렇게 코앞으로 올 줄 몰랐다는 듯 당황하는 언니, 그리고 불안하게 나를 바라보는 좀비 언니의 얼굴을 찬찬히 살펴봤다.

"사람 앞에 두고 씹으면 재밌어요?"

"뭐?"

"여기 언니들만 있는 거 아니잖아요. 민폐는 언니들이 끼치는 것 같아요. 성희롱도 하지 마시고요."

"어이없네. 우리가 뭘 했다고? 괜히 시비 걸지 말고 얼른 나가줄래? 사람은 무슨 사람, 초코 좀비라서 먹지도 못하면서. 남들 입맛 떨어지게 카페는 왜 오는 거야?"

내가 뭐라고 하려는 차에 현이 다가와서 입을 열었다.

"저를 두고 혈기왕성한데 불쌍하다, 사랑을 알려줘야

52

겠다는 등 떠드는 말이 정말 불쾌했는데요. 게다가 그거 초코 좀비 차별하는 말 아닌가요? 미성년자 성희롱과 차별금지법 위반으로 신고당하고 싶으세요?"

그제야 불쾌한 표정을 짓고 있던 언니의 표정이 굳어졌다. 이 정도는 신고를 하더라도 훈방조치가 될 확률이 높겠지만, 신고가 누적이 되면 어떻게 될지 모르는 일이었다. 하는 행동을 보니 이번이 처음도 아닌 것 같았다. 언니도 그걸 아는지 입술을 잘근잘근 깨물었다.

"그, 그게 우리끼리 농담한 거예요⋯."

"저희한테 사과하세요."

사과하기에는 자존심이 상하는지 언니들의 얼굴이 울긋불긋해졌다. 이중에서 초코 좀비인 언니의 얼굴만 유난히 하얗다. 언니는 초코 좀비라는 동질감보다 우정이 더 소중한지, 불안했던 기색을 지우고 나를 노려봤다. 처음 보는 사람보다 친구에게 더 신경 쓰이는 건 당연하겠지만, 좀비에 대해 같이 욕하면서까지 어울리고 싶을까? 하긴, 나도 현이랑 친구들이 아니었으면 많이 외로웠을 것 같았다. 그래도 다른 사람을, 초코 좀비를, 자기 자신을 욕하면서 친구 관계를 유지하는 건 마음이 많이 아플 것 같은데.

다른 사람들의 시선이 다 이쪽으로 쏠렸다. 그것도 짜증 나고 부끄러운지 아무 말도 안 하고 있다가 우리가 사과받을 때까지 가만히 있을 것 같았는지 겨우 입을 열었다.

"미안합니다….."

나에게만 뭐라고 한 거면 사과고 뭐고 필요 없고, 적당히 상대하다 갈 것 같은데 현에 대해서도 떠들어서 사과를 받고 싶었다. 현이 고개를 끄덕이는 걸 확인하고서야 나도 고개를 끄덕였다.

"없는 자리에서는 임금님 욕도 한다니까 뭐라고 하는 건 어쩔 수 없는데요. 하고 싶으면 당사자 귀에 안 들리게 해주세요. 저희는 이렇게 넘어가지만 다른 사람은 진짜로 신고할 수도 있어요."

이 언니들은 계속 자리에 앉아 있었으니까 초코 좀비

를 내보내달라고 한 건 다른 사람일 것이다. 나는 주변을 둘러보면서 크게 말했다.

"그리고 초코 좀비는 언제 어떻게 누가 될지 모르는 거 아시죠? 주변 사람이 혹은 자기 자신이 초코 좀비가 되고 후회하지 않았으면 좋겠어요."

소곤소곤 대화하던 실내가 조용해졌다. 누군가는 불쾌해했고, 누군가는 미안한 표정을 지었다.

"그럼 나 먼저 나가 있을게."

한 사람이라도 좋으니 초코 좀비라서 당한 일과 초코 좀비인 내가 한 말을 듣고 약간이라도 생각이 바뀌었으면 좋을 것 같다. 사람들의 시선을 느끼며 가슴을 내밀고, 어깨를 펴고, 허리를 세우고, 당당하게 걸어서 카페를 나왔다.

구름 한 점 없는 하늘이 무척이나 파랬다. 온도를 섬세하게 느낄 수 없어 햇볕의 따스함이 크게 느껴지진 않았지만, 빛 아래 있는 느낌이 좋았다. 가만히 서 있고 싶었으나 오래 있다가는 초콜릿이 녹을지 몰랐다. 녹더라도 얼른 온도를 낮춰 굳히면 되긴 하지만, 전문가가 굴곡에 맞춰 발라주는 것과는 달랐다. 균일하지 않으면 초코 코팅이 부서지기 쉬웠고, 그러면 그 아래 있던 신체에 손상이 갈 가능성이 높아서 최대한 조심하는 게 좋았다.

지금도 수호수의 영향을 받아 식물들이 변이하고, 새로운 식물들이 등장하고 있을 것이다. 우리가 바르는 초콜릿도 그것들을 이용해 연구한 결과지만, 더욱 더 좋은 초콜릿을, 높은 온도에도 버티고, 밀착력과 고정력이 좋아 격렬한 움직임이나 물에 젖어도 손상되지 않는 초콜릿을 제조하기 위해 계속 연구하고 있다는 말은 들었다. 언젠가는 태양 아래를 당당하게 걸을 수 있을까? 아니면 사람으로 돌아갈 수 있는 방법이 있을까?

멍하니 하늘을 올려보다가 현이 나와서 걱정하기 전에 맞은편 건물의 그늘 속으로 들어갔다.

여름이 오는 중이었다.

"지민아, 일어나. 눈 떠. 얼른. 학교 가야지."

끊어졌던 정신이 서서히 이어지는 느낌이 들면서 저절로 눈이 떠졌다. 소리가 들리는 방향으로 고개를 돌리니 현이 있었다. 자리에서 일어나 의자에 앉자 현이 물수건으로 머리카락을 살살 닦아줬다. 컴퓨터 전원이 꺼지듯 정신이 꺼졌다가 켜지는 느낌이라 잠이 덜 깬 건 아니었지만, 내 머리카락을 닦아주는 건 현의 루틴이었다. 원래는 내 머리카락을 꼼꼼하게 빗은 뒤 땋거나 묶는 등 헤어스타일을 담당했는데 이제는 머리카락만 조심스럽게 들어 닦기만 한다. 머리카락이 다시 나지도 않을뿐더러 두피가 들리면 큰일이니까. 혹시 이물질이 있을까 현이 손가락으로 두피까지 꼼꼼하게 확인했다. 머리를 만져주면 잠이 온다는데 왜 이렇게 뱃속이 간지러운 것만 같은지 모르겠다.

"밥 먹게 나와!"

방 밖에서 엄마가 부르는 소리가 들렸다. 현이 만족할 만큼 머리카락을 닦지 못했는지 머리카락을 놓는 손길이 미적거렸다.

"그렇게 닦다가 머리카락 닳아 없어지겠어. 얼른 가서 밥 먹자."

"알았어."

아침은 꼭 같이 먹을 것. 이게 우리 집의 규칙이었다. 우리가 중학생이 되었을 때 현이 아빠는 세계수로 인해 생긴 변화를 연구하는 팀에 합류해서 외국으로 나갔고, 현이 엄마는 간호사라 출퇴근이 불규칙해 우리 집에서 현이 밥을 함께 먹는 게 일상이 되었다.

현이 무표정하게 먹는 걸 보고, 행복하게 먹는 모습을 보고 싶다는 생각으로 요리를 시작했다. 현은 언제나 내

첫 번째 손님이었다. 현이 고개를 끄덕이고 엄지를 치켜들면 주말에 우리 부모님과 현의 엄마를 위해 요리를 했다. 다음에는 어떤 요리를 할까 고민하는 것도, 유튜브를 보며 연구하는 것도, 현이 땀을 흘리며 먹는 모습을 보는 것도 다 즐거웠다.

그래서 내가 초코 좀비가 됐을 때는 충격에 빠져 방에만 있었다. 먹지 않아도 괜찮았고 화장실을 가지 않아도 괜찮았다. 굳게 닫힌 방 안에서 죽을 때까지 가만히 누워 있을 수 있을 것 같았다. 손가락 하나 까닥하지 않은 채 멍하니 침대에 있었다. 방문 밖에서 때때로 들려오는 소리는 그저 흘러갈 뿐이었다.

부모님은 초코 좀비가 되었다고 해도 대학도 가고 취직도 할 수 있다고, 달라진 건 하나도 없다고 의연하게 말씀하셨다. 그러니까 얼른 치료하러 가자며 나를 달랬다. 때로는 이렇게 방에서 꼼짝도 하지 않을 거냐고 화를 냈고, 때로는 말없이 흐느꼈다. 부모님이 슬퍼하시는 건 알았지만 크게 와닿지 않았다. 좀비가 되면 감정도

사라지는 걸까, 막연히 그런 생각을 하며 눈만 감고 있었다. 잠이 오지 않았다. 그때는 잠을 자는 방법을, 정확히는 의식을 끊는 방법을 몰라서 하루가 너무 길었다.

어느 순간부터 현이 와서 지민아, 하고 내 이름을 불렀다. 여느 때와 같이 다정하고 애정이 듬뿍 담긴 부름이었지만 대답할 수 없었다. 현이 다정하게 내 이름을 부를 때마다 거세게 뛰었던 심장이 하나도 뛰지 않아서 서글펐다. 나는 이제 사람이 아닌 걸까. 좀비니까 사람이 아니지. 이렇게 아무 감정도 안 드는데 다른 좀비들은 어떻게 사회생활을 하는 거지? 이런저런 생각에 머리가 터질 것 같았다.

그런 나를 일으켜 세운 건 현이었다. 평소라면 내가 열어주기 전까지 언제까지고 방문 앞에 있을 텐데, 잠긴 문을 따고 안으로 들어왔다. 깜짝 놀라서 고개를 들자 눈물을 흘리는 현이 보였다. 아주 어릴 때도 우는 아이가 아니었는데, 현이 울고 있었다. 눈물이 볼을 타고 턱 끝에 맺혔다가 바닥으로 뚝뚝 떨어졌다. 이제 울지 못하는 나를 대신해서 현이 울어주는 것만 같았다.

『눈의 여왕』이라는 동화에서 게르다의 눈물이 카이의 심장에 박힌 거울 조각을 녹여서 카이가 원래 모습으로 돌아오는 것처럼, 현의 눈물이 내 마음에 갖가지 감정을 불러일으켰다. 소중한 상대를 보면 잠들어 있던 감정이 깨어나는 걸까? 아니면 좀비도 감정을 느끼는데 내가 너무 충격을 받아서 아무것도 느끼지 못하는 상태였던 걸까?

뭐든 상관없었다. 나도 모르게 침대에서 몸을 일으켜 현을 껴안았다. 현이 내 어깨에 얼굴을 묻었다. 눈물을 참으려 했지만 참을 수 없는지 몸을 들썩이기까지 했다. 내 등을 두른 팔 힘이 연약했다. 강하게 쥐면 내가 부서질 것 같았을까. 현의 머리를 쓰다듬으며 눈물이 그치기를 기다렸다. 현의 눈물이 내 몸을 조각내는 걸 알면서도, 현이 울지 않기를, 슬퍼하지 않기를 바랐다.

그 뒤로 병원에 가서 초코 좀비 증명서를 발급받아 제일 가까운 치료실에서 왼쪽 어깨부터 팔까지 초콜릿을 바르고 좀비에 대해 안내를 받는 등 해야 할 일을 차근차근 했다. 그런 내 곁을 현이 지킨 건 당연한 일이었다. 비록 전처럼 손을 잡을 수도, 상대방의 어깨에 기대어 잠시 졸 수도 없었지만 말이다. 처음 손상 부위가 왼팔이라서 어깨 부분까지 손상된 게 현 때문인 걸 들키지 않아 다행이었다.

"얼른 나오라니까!"

"지금 나가!"

후다닥 나갔지만 아침 식사는 아직 완벽히 준비되지 않았다. 식탁에 있는 거라고는 수저와 김치, 계란말이뿐이었다. 된장찌개는 인덕션 위에서 끓고 있었고, 엄마는 막 볶은 소시지야채볶음을 그릇 위에 담고 있었다.

"다 차린 것도 아니면서!"

"아유, 초코 좀비 됐다고 집안일에 손 하나 까닥 안 하니까 좋지? 현이는 얼른 먹을 만큼 밥 퍼."

아빠가 본인과 엄마 몫의 밥을 퍼서 식탁 위에 내려놓고 주방 장갑을 낀 후 된장찌개까지 내려놨다. 현이가 밥을 푸는 동안 나는 식탁에서 의자를 빼서 거리를 벌린 채 앉았다. 냉면이나 비빔국수처럼 시원한 음식을 먹을 때는 가까이 있는데, 찌개같이 뜨거운 음식이 있을 때는 조심하는 편이었다.

"아빠! 어제 먹은 닭갈비 그거 나랑 현이가 같이 만든 거거든? 맛있게 먹어놓고 무슨 소리야!"

"네가 입으로 현이를 조종해서 만든 그거? 현이 솜씨가 갈수록 늘어! 소주 한잔하고 싶었는데 평일이라 참았다니까. 현이야, 주말 되면 또 만들어 줘. 아빠랑 엄마랑 한잔하게."

"지민이가 요리하겠다고 하면요."

"맞아. 나한테 부탁해야지!"

"아무리 생각해도 지민이가 현이 약점을 잡고 흔드는 게 틀림없는 것 같단 말이지…."

"아빠!"

"이야, 누가 끓였는지 된장찌개가 꿀맛이네, 꿀맛! 이건 네가 아무리 해도 엄마 솜씨 못 따라온다!"

평소처럼 대화하면서 아침 식사를 한 후 각자의 집에서 교복으로 갈아입었다. 내 교복은 열 차단 효과가 좋은 천으로 만든 데다가 품이 커서 통풍까지 잘 되는 초코 좀비 전용이었다. 학교 교복과 같은 디자인으로 만들었다지만 그것도 여름 교복 한정이지, 지금은 긴 소매 셔츠를 입는 시기였고, 나는 이 여름 교복을 사계절 내내 입어야 해서 초코 좀비라는 티가 확 나긴 했다. 게다가 한여름에는 학교에 다닐 수도 없어서 교복이 겹치는 기간도 별로 없었고. 학교에 초코 좀비가 다닌다는 소문만 쫙 날 뿐이었다.

"학교 다녀오겠습니다!"

"잘 다녀와! 아빠는 야근이고, 엄마랑 현이 엄마는 오늘 모임이 있어서 저녁 먹고 올 거야. 둘이 알아서 먹어."

"네! 아빠도 출근 잘하고, 엄마도 잘 다녀오세요!"

현관문을 열자 현이 벌써 나와 있었다. 때마침 엘리베이터도 도착해서 타고 내려갔다. 문이 열리자 현이 엄마가 보였다. 현이 엄마는 우리를 보고 활짝 웃으며 반겨 줬다.

"딸, 아들! 학교 가기 전에 보니까 좋네."

"다녀오셨어요? 오늘은 되게 피곤해 보이세요."

"유난히 힘든 환자가 있었거든. 얼른 씻고 한숨 자야 지. 참, 우리 오늘 모임 있는 거 들었지? 엄마 카드로 맛 있는 거 사 먹어."

"제가 현이 맛있는 거 먹이겠습니다! 걱정하지 말고 어서 쉬세요!"

"우리 딸, 고마워. 엄마 간다. 잘 다녀와."

현이 엄마가 엘리베이터를 타는 걸 보고 밖으로 나왔 다. 등교 시간보다 훨씬 이른 아침이라 돌아다니는 사람 이 별로 없었다. 아침 공기가 선선하기도 하고 돌아다니 는 사람이 적어서 초코 좀비가 된 이후로는 늘 이른 시 간에 등교했다.

"오늘 비 온대? 날이 흐리네. 양산 안 써도 될 것 같 지?"

"일기예보에는 비 온다는 말 없었는데…. 오늘 쉴래?"

"아니야. 곧 시험기간이라 수업 잘 들어야 해."

"내가 노트 보여주고 설명해주면 되잖아."

"수업도 안 들으면 애들이 더 욕해. 얼른 가자."

더운 날뿐만 아니라 비 오는 날도 조심해야 했지만, 일기예보를 믿기로 했다. 학교를 자퇴하고 검정고시를 치르는 것도 방법이었지만, 어떻게 되든 간에 잘 다니고 싶었다.

고등학교 2학년 여름방학 전에 초코 좀비가 됐는데, 내가 학교에서 유일한 초코 좀비였다. 교장선생님은 학교를 계속 다니겠다는 내 의지를 확인하고, 여름방학이 끝난 후 나를 현이 있는 반으로 옮겨주었다. 문과반과 이과반 사이에서 바꾸는 건 가끔 있는 일이라서 내가 초코 좀비라 받는 특혜라고 하기에는 애매한 일이라 다행이었다. 물론 현과 같은 반이 된 건 특혜가 맞긴 하지만 말이다.

그래서 고등학교 3학년이 된 지금도 같은 반이었다. 나 말고도 다른 초코 좀비가 있다면 관심이 분산될 텐데 아직도 내가 학교 내에서 유일한 초코 좀비였다. 동네에서 이른 아침에 회사로 출근하는 초코 좀비는 몇 번 봤는데 말이다.

초코 좀비가 아주 많이 생겼다고는 하지만 어떤 사람에게는 내가 실제로 본 유일한 초코 좀비일지도 모른다. 나 하나 때문에 초코 좀비에 관한 영상을 보거나 강의를 들어야 한다고 투덜거리는 애들도 분명 있을 것이다. 초코 좀비와 함께 살아가는 사회니 당연히 초코 좀비에 관련된 정보들을 알아야 하는데도.

게다가 초코 좀비 특별전형이 있어서 일반 학생보다 더 수월하게 대학교에 입학할 수 있다는 소문이 퍼진 뒤부터 나를 욕하는 경우가 늘어났다. 고3이라, 다들 대학 입시에 예민한가보다 넘기고는 있는데, 시간이 지날수록 점점 더 심해졌다. 그래도 현과 등교할 때부터 계속 같이 있고, 현이 말고도 친한 친구들도 있고, 신체적인 폭력을 행사하면 법적 처벌을 받을 수 있다는 교육을 받아서 그런지 육체적인 괴롭힘은 없었다.

여름이 다가올수록 연한 녹색이던 풀들이 점점 진한 초록빛을 띄었다. 본격적인 여름이 오면 냉장창고에서 지내야 했다. 앞으로 쭉 울창한 녹음과 윤슬로 반짝이는 바다는 영상으로만 볼 수 있을 것이다. 현이에게 바다에 놀러 갔다 오라고 했지만, 현이는 내가 없으면 가지 않겠다며 작년에 처음으로 바다를 보지 않은 여름을 지냈다. 이번 여름에도 그렇게 되겠지.

내가 일반인이었을 때는 매년 바다를 보러 갔었다. 부모님들이 시간이 나지 않으면 나와 현이만 현이네 친척 집에 머물면서 바다를 즐기기도 했다. 미세플라스틱과 쓰레기와 방사능으로 뒤범벅이 된 바다였지만, 그런 바다에 적응한 사람들이 살아남고 삶을 지속해 우리를 낳아서 그런지 바다에 뛰어들고 물놀이를 해도 괜찮았다.

현은 내가 좋아하는 바다를 위해 현재의 바다에 적응해 잘 자라고 정화작용도 하는 새로운 산호를 연구하고 싶다며 눈을 빛냈다. 수호수의 영향을 받아 변이한 식물들을 연구해 분석하다 보면 더 좋은 결과가 있을지도 모른다고 좋아했다. 그런 산호나 수초들을 모아 작은 바다 어항을 만들기도 했다.

나는 그 옆에서 수초를 왼쪽으로 둬봐라, 아니다 오른쪽이 낫겠다며 훈수를 뒀다. 아파트라서 무거운 어항을 둘 수는 없어 어항의 크기는 늘 작았지만, 그 안에서 수초와 산호들은 쑥쑥 자라났다.

바다 어항을 어떻게 만들고 가꾸는지, 무엇이 필요한지, 어떻게 관리해야 하는지는 잘 모르지만, 물잡이를 하고 어항 벽에 낀 이끼를 자석닦이로 닦아내고 광량을 조절하고 수질관리를 위해 노력하는 현의 모습이 엄청 멋있어 보였다. 나를 기쁘게 하기 위해 자신의 꿈을 정한 현이 귀엽고 사랑스러웠다. 그래서 현을 위해 더 맛있는 요리, 보기 더 좋은 요리를 만들다 보니 요리사가 되고 싶다는 꿈도 생겼다. 내가 현에게 영향을 줬듯, 현도 나에게 영향을 준 것이다. 우리는 딱 맞는 퍼즐처럼

함께 있을 때 온전해졌다. 내가 초코 좀비가 된 이후에
도 우리 사이에 큰 변화는 없어서 다행이었다.

오늘도 우리가 제일 먼저 온 줄 알았는데 이미 교실에서 공부하는 사람이 있었다. 우리 반 2등이자 전교 2등인 조안나였다. 말을 섞어본 적은 없다. 애초에 조안나는 공부를 잘하는 사람하고만 대화하는 것 같았다. 저번에 현에게 특별반 자습실에 오라고, 같이 스터디 하자고 권했다가 거절당한 이후로 현에게도 말을 걸지 않았던 것 같은데. 그렇다고 교실 안에 우리밖에 없는데 인사를 안 하기도 그래서 어색하게 인사를 건넸다.

"안녕. 오늘 일찍 왔네."

"이현, 너 이거 풀 수 있어? 아무리 해도 모르겠어."

내 인사를 무시한 조안나는 문제집을 들고 와서 현에

게 내밀었다. 풀이과정이 빽빽한 수학문제집이었다. 투명인간 취급당한 채 옆에 있기 뻘쭘해서 내 자리로 걸어가는데 현이 내 뒤를 따라왔다.

"야, 물어보는데 왜 그냥 가?"

그러나 현은 대답도 하지 않은 채 내 옆에 앉았다. 내 자리는 복도 창가 쪽 가운데 자리였다. 햇볕이 들어오는 창가는 당연히 안 되고, 교실 가운데, 앞문, 뒷문은 혹시 모를 사고가 있을 수 있으니 이 자리가 제격이었다. 현은 당연히 내 짝꿍이었고.

무시 받았으니 무시할 것 같았는데 조안나는 현의 뒤를 쪼르르 따라와서 현의 책상에 문제집을 내려놨다. 문제를 풀고 싶다는 열망이 강한지 현에 대한 관심이 많은 건지 모르겠다.

"이 문제 풀어달라니까. 어차피 너도 공부하려고 일찍 온 거 아냐?"

현은 자신의 자리에 함부로 올려진 문제집을 가만히 내려보더니 왼손을 천천히 들었다. 보나마나 문제집을 쳐서 바닥에 떨어뜨릴 모양새였다. 자리를 침범당해서 마음이 상한 건가. 책상 아래에서 손끝으로 살짝 현의 손등을 눌렀다가 뗐다. 그러자 현이 입술을 굳게 다물더니 손을 내려놨다. 현이 말을 하지 않자 조안나도 말없이 서 있기만 했다. 조안나가 나를 무시해서 나서고 싶지 않았지만, 침묵이 불편하기도 했고 현이 말도 섞기 싫어해서 내가 입을 열 수밖에 없었다.

"선생님께 물어보는 게 낫지 않을까?"

"너한테 물어본 거 아닌데."

"지민이 말이 맞아."

"뭐?"

"가져가."

현이 만지기도 싫다는 듯 손끝으로 문제집을 쳤다. 힘이 얼마나 실렸는지 문제집이 반쯤 책상 밖으로 밀려나 조안나의 몸에 부딪혔다. 조안나는 입술을 깨물더니 나를 노려봤다. 아니, 문제집 친 사람은 현인데 왜 나를 노려봐? 그리고 모르는 문제는 같은 학생이 아니라 선생님한테 물어보는 게 더 자세히 설명을 들을 수 있는 거 아닌가? 눈을 동그랗게 뜨자 조안나가 문제집을 거칠게 낚아채고는 자리로 돌아갔다. 흥, 쌤통이다.

"오늘은 뭐 할 거야?"

"글쎄…. 어제 못 본 웹소설이나 볼까 생각 중인데, 넌 뭐 할 거야?"

"그러면 나도 어제 보던 논문이나 마저 읽어야겠다."

"으, 이럴 때면 너 조금 재수없어…."

"나는 재밌어."

"그래, 열심히 읽어라. 나도 재밌는 거 읽어야지."

현이 태블릿PC를 꺼내 논문을 읽는 걸 보다가 나도 핸드폰을 들어 어플을 실행하는데 찌를듯한 시선이 느껴졌다. 고개를 드니 조안나가 눈에서 레이저가 나올 것처럼 나를 쏘아보고 있었다. 아까는 무시하더니 왜 자꾸 나만 쩨려보는 거야? 나도 눈에 힘줘서 쳐다보다가 선호 작품 목록을 클릭했다. 새로 올라온 소설들이 나를 기다리고 있었다.

학교에 가서 수업을 듣고, 쉬는 시간에 소설이나 드라마를 보고, 점심시간에 문과반에 있는 친구들이 밥 먹고 오면 그늘진 복도에서 수다를 떨다가 운동장을 돌겠다는 애들을 배웅해주고 다시 수업을 받다가 집으로 돌아와 뒹굴거리는 날들이 이어졌다. 추울 때는 같이 운동장을 돌았는데, 이제는 양산을 써도 한낮의 운동장을 걷는 건 무리였다.

현이 급식실에서 다른 친구들과 밥을 먹는 동안 말처럼 달려서 이미 식사를 하고 온 친구들과 1층 복도에서 수다를 떨었다. 진희랑 사쿠라는 뛴 보람이 있다며 볼록 튀어나온 배를 여유롭게 두드렸다. 조금 친하다 싶었던 애들은 초코 좀비가 된 나를 꺼리거나 불쌍하게 여기는 게 보여서 점점 멀어졌는데 이 두 사람은 전이나 지금이나 똑같았다.

"냉장창고는 언제 들어가?"

"글쎄…. 40도 이상인 날이 3일 이상 지속되면 들어가지 않을까?"

"요새 날이 너무 오락가락해서 큰일이라니까. 이번 주말에 만나서 노래방 콜?"

"지민이가 주말에 나올 수 있겠어? 껌딱지 애인이 있잖아!"

"악! 아니라니까! 우리는 친구라고, 친구!"

"웃기고 있네. 저거 초코 좀비 되고 얼굴색 안 변한다고 뻥치는 거 봐. 어디서 사기를 치려고."

"너희가 친구면 이 세상에 친구는 없어. 아직 친구인 거겠지. 도대체 언제 사귈 거야? 역시 수능 끝나고?"

"조용히 안 해?"

"못 때리죠? 강지민 손맛 다 죽었죠?"

친구들이 나를 놀리며 깔깔거리고 웃었다. 아오, 전처럼 등짝 한 대만 치면 소원이 없겠다. 내가 허공에서 손날을 휘두르며 때리는 시늉을 하자 아픈 척을 하며 작작 때리라며 아우성이었다. 그래도 내가 일반인일 때나 초코 좀비가 된 지금이나 변함없이 대해주는 친구들이 너무 고마웠다. 누구는 일반인과 초코 좀비는 사랑할 수 없다고 어쭙잖은 충고를 했는데 말이다. 그때였다.

"이 복도가 너희 거야?"

조안나를 비롯한 아이들이 우리 앞에 서더니, 그중에서 얼굴만 아는 다른 반 학생이 톡 쏘듯 말했다. 1층에 있는 특별반 자습실로 가는 중인지 품 안에 문제집이 있었다. 문과, 이과 성적순으로 각각 10명씩 모집하는 거라 현도 당연히 포함이긴 한데, 나랑 있느라 한 번도 간적이 없었다.

"지금 점심시간인데 뭐 어때서? 그리고 너희 것도 아니잖아?"

벚꽃이라는 뜻을 가진 예쁜 이름과는 달리 성격이 제

일 까칠한 사쿠라가 코웃음 치며 말했다. 근데 틀린 말은 아니었다. 우리뿐만 아니라 학교 전체가 시끌시끌한 분위기였다. 하물며 근처에 있는 교무실에서도 누가 웃긴 이야기를 했는지 와하하 웃는 소리가 들렸다. 이런 분위기 속에서 우리를 콕 집어 말하는 건 누가 봐도 시비였다.

말대꾸가 날아올지 몰랐는지 시비를 건 애 얼굴이 벌게지더니 조안나의 눈치를 봤다. 조안나는 처음 나타났을 때나 지금이나 표정 변화가 없었다. 저번부터 조안나가 자꾸 시비를 거는데 짜증이 나면서도 이해는 갔다. 현을 좋아하니까 현과 가장 가까이 있는 내가 싫겠지. 근데 뭐 어쩌라고.

"할 말 없으면 그냥 가던 길 가지?"

"너희가 어디로 갈지 모르겠지만, 우리는 좋은 대학 갈 거거든."

"그래, 가라 가."

"그러니까 특별반 자습실 근처에서 떠들지 말라고.

너희야 상관없겠지만 남의 인생은 망치지 말란 소리야. 아, 초코 좀비는 특별전형으로 좋은 대학 들어가니까 상관없나? 좋겠다. 누구는 밥 먹는 시간도 아껴가며 공부하는데 누구는 한가롭게 떠들기나 하고."

"입 나불거리는 시간은 안 아깝니? 너 갈 길 가라고."

"너희가 딱해서 하는 소리야. 재랑 너희랑 갈 수 있는 대학이 다르니까 너희들 인생이나 잘 챙겨. 괜히 같이 어울리다가 이상한 대학교에 가서 울지 말고. 아, 어차피 공부하나 노나 큰 차이 없나?"

자기들끼리 피식피식 웃더니 이내 우리를 지나쳐 걸어갔다. 우리는 어이가 없어서 뒷모습을 바라보기만 했다.

"재수 없다 진짜. 공부만 잘하면 뭐해? 성격이 드러운데."

"지민아. 재들보다 더 좋은 대학 못 가? 특별전형으로 어떻게 안 되냐?"

"지구 반대편에 있는 대학에도 초코 좀비 특별전형이

있다면 가능할지도…?"

그 애가 말한 것처럼 초코 좀비는 대학교에 특별전형으로 입학할 수 있었다. 아직 학생일 때 초코 좀비가 된 경우는 드물어서 그런지 의과나 간호학과, 경찰학과처럼 위생에 신경 쓰거나 몸을 써야 하는 특별한 학과만 아니라면 원하는 대학교, 원하는 과에 지원할 수 있었다. 우리나라 제일이라는 한국대, 그것도 법학과에 들어가는 것도 가능했다. 초코 좀비의 수가 늘어나 일반인들과의 마찰이 증가했기 때문에 법학과에 들어가서 그쪽으로 진로를 잡는 것도 괜찮긴 할 터였다. 공부에 뜻이 없는 게 문제였지만 말이다.

"안 돼! 우리 지민이 다른 나라로 못 보내!"

진희가 팔을 넓게 벌려서 나를 껴안는 시늉을 하고 떨어졌다.

"아니면 전생의 기억이 떠오르진 않아? 마법을 썼다거나 정령과 대화를 했다거나! 하다못해 새로운 식물을 재배하는 방법이라도! 그걸로 부자가 되는 거야!"

"한 개도 생각 안 나는데요. 그런 거 모르겠는데요."

오히려 내가 아니라 현이 드문드문 전생을 떠올리다 못해 다른 사람이 될 때가 있는 것 같았지만…. 속으로 한숨을 삼켰다. 사쿠라는 우리가 그러거나 말거나 주먹을 불끈 쥔 채 허공에서 휘둘렀다. 최근에 VR로 격투 게임을 한다더니 몸놀림이 장난 아니었다.

"아오, 진짜 꿀밤 한 대만 때리면 소원이 없겠다. 무슨 대학이 인생의 전부인 줄 아나. 이 자본주의 사회에서 돈이 최고구만. 내가 쟤들보다 돈 더 많이 버는 거 알면 배 아파 죽으려고 하겠지?"

"쟤들이 우리나라에서 제일 잘 나가는 대학에 잘 나가는 과를 들어가도 나보다 못 번다는 것에 내 쇼핑몰을 건다."

"공부가 제일 중요하고 대단한 일인 줄 아는 게 너무 웃겨. 나도 보스 깨는 거 연구할 때마다 머리가 터진다고."

진희는 잘나가는 쇼핑몰 사장님이었다. 일반인을 대

상으로 하는 쇼핑몰이었지만, 내가 초코 좀비가 된 이후로 내가 편하게 입을 수 있는 옷을 디자인하고 만들어서 선물해주더니 그걸 차곡차곡 모아 쇼핑몰에서 초코 좀비 전용 카테고리가 생겨 대박이 났다. 진희가 잘해서 그런 건데 진희는 내 덕분이라며 옷을 비롯해 가방, 신발 등을 자주 선물 해줬다.

사쿠라도 얼굴을 공개하지 않아 다른 사람들이 모를 뿐, 유명한 게임 스트리머였다. 게임 실력이 좋고 시청자들과 티키타카도 좋아서 게임을 비롯한 상품들 광고도 많이 들어왔다. 그뿐만 아니라 영상 조회수도 높아서 그 수익도 꽤 된다.

둘에 비하면 나는 이렇다 할 특기도 없고 공부도 엄청 잘하는 건 아니다. 왜 친구를 해주나 싶을 정도로 세 명 중에서 내가 제일 평범했다. 친구들이 혼자 있을 때 말 걸고 간식도 나눠 먹고 인사만 했을 뿐인데 내가 자기들의 애착인형이라며 같이 어울려주니까 너무 고마웠다. 두 사람과 친구라서 정말 좋았다. 애들도 내가 좋으니까 나랑 친구를 하는 거겠지!

내가 일반인이었으면 두 사람을 꼭 끌어안았을 텐데, 초코 좀비라서 두 사람의 팔에 손바닥을 살짝 댔다가 뗐다. 그것만 했을 뿐인데도 열심히 욕을 하던 진희와 사쿠라가 말을 멈추고 씨익 웃었다.

"쟤들 그만 신경 쓰고 얼른 나가서 운동장이나 돌아."

"이현이 밥 다 먹은 것 같아서 우리 보내는 거지?"

"딸 키워봤자 소용없다더니 흑흑…. 엄마 서운해!"

"우리 엄마는 회사에 계시거든요? 어휴 지겨워 지겨워. 그래 현이 보러 갈란다! 빨리 가, 이것들아!"

"현이한테 정식으로 고백하기 전에 나한테 꼭 말해. 내가 원피스 예쁘게 만들어 줄 테니까."

"내가 미연시 엔딩 엄청 많이 봤거든? 고백하는 방법 다 알려줄 수 있어. 이 선생님을 믿어라!"

"가라고!"

깔깔거리는 두 사람을 보내고 창문 앞에 서서 뒷모습을 바라봤다. 진희와 사쿠라가 팔다리를 크게 휘저으며 운동장을 도는 걸 지켜보다가 교실로 올라가려고 몸을 돌렸는데 가까이에 사람이 있어 깜짝 놀랐다.

"깜짝이야!"

"…."

조안나는 말없이 나를 뚫어져라 쳐다보다가 나처럼 창문 앞에 서서 앞을 바라봤다. 너무 가까이 붙어 있는 것 같아서 한발자국 거리를 벌렸다. 내내 무시를 하다가 이렇게 옆에 온 걸 보면 무슨 할 말이 있는 것 같아서 기다렸는데, 5분이 지나도록 아무 말도 하지 않았다. 핸드폰을 확인하자 현에게서 아직 친구들과 있냐는 문자가 왔다. 곧 간다는 문자를 쓰고 있는데 조안나가 입을 열었다.

"너무하다는 생각이 들지 않아?"

"뭐?"

"너 말이야. 초코 좀비면서 사람인 이현 옆에 붙어 있잖아. 네가 이현을 좋아한다면, 가족처럼 소중한 사이라면, 이현을 놔줘야 하는 거 아니야?"

냉정한 듯 말하려고 했지만 조안나의 목소리에는 울음기가 담겨 있었다. 그러나 조안나가 울든 말든 나와 무슨 상관인가. 무시한 채 지나가려고 했는데 조안나의 한 마디가 내 발목을 붙잡았다.

"너 어차피 오래 못 살잖아."

핸드폰을 보던 고개를 퍼뜩 들었다.

"난 이현과 같이 바다도 갈 수 있어. 넌 이제 못하잖아."

창문 밖을 바라보던 조안나는 몸을 돌려 나를 빤히 바라보더니 자습실로 사라졌다. 햇볕이 잘 들지 않는 복도가 너무나도 서늘하게만 느껴졌다. 창밖에는 내리쬐는 햇볕을 맞으며 운동장 근처를 도는 아이들과 골대 하나를 붙잡고 축구를 하는 아이들이 있었다. 여리고 연약한 연두빛이 돌던 이파리들은 어느새 진하게 변해 무성해질 준비를 하고 있었다. 가끔 밖에 나가서 농구를 하던 현은 교실에서 나를 기다리는 중이었고.

내가 좀비가 아니었을 때는… 현의 집으로 가서 해초

어항을 멍하니 바라봤다. 필터가 규칙적으로 돌아가는 소리를 들으며 약하게 흐르는 물살을 따라 살랑거리는 노란색 산호와 보라색 말미잘이 있는 어항을 구경했다가 물속에 잠긴 숲 같은 느낌을 주는, 바닥에서부터 위로 나무처럼 길게 뻗은 해초 어항을 구경했다. 몸속이 비치는 투명한 새우들이 이끼를 갉아 먹으며 어항 속을 돌아다니는 걸 보고 있으면 마음이 평온해지곤 했다. 열대어 어항처럼 작은 어항이었지만, 이렇게 작은데도 하나의 세계가 이루어져 순환하고 있다는 게 신기했다.

우리 집은 초코 좀비가 된 나 때문에 겨울에도 보일러를 틀지 못했다. 어떨 때는 창문을 활짝 열어 찬바람을 맞기도 했다. 그래서 한겨울에는 부모님이 현의 집으로 건너가 생활했다. 현의 엄마는 추위를 많이 타기 때문에 한여름을 제외하고는 집을 대체로 따뜻하게 생활해서, 초코 좀비가 된 후로는 현의 집에 방문한 적이 없었다. 바다는커녕 현의 집으로도 가지 못하는 게 지금 내 상태였다.

뛰지 않는 심장이 바닥으로 내동댕이쳐진 것 같은 느낌을 끌어안고 천천히 현에게 돌아갔다.

교실에는 현뿐이었다. 커튼을 묶어둔 끈이 풀렸는지 바람이 불어올 때마다 살랑거렸다. 살짝 비치는 연두색 커튼이라 그런지 어항 속의 해초가 일렁이는 것처럼 보였다. 그러나 현은 햇빛에서 제일 멀리 떨어진 자리에 앉아 창가 쪽만 하염없이 바라보고 있었다. 나만 아니었으면 창문 근처에 서서 햇살을 느끼고 있었을까? 너는 지금 무슨 생각을 하고 있을까? 발걸음을 떼지 못하고 문가에 서 있는데 현이 내 존재를 느낀 것처럼 자연스럽게 고개를 돌려 나를 바라봤다.

　"왔어?"

　"응. 점심 맛있게 먹었어?"

"그럭저럭. 친구들하고 대화 잘 했어? 오늘은 무슨 이야기 했어?"

"주말에 노래방 가자고 하더라고."

"그래? 근처에 있어줄까?"

"괜찮아."

일반인이었을 때는 주말에 현과 맛집이나 가고 싶은 카페를 가거나 친구들과 놀았을 텐데, 이제는 집에서 현이랑 있었다. 등하교는 물론이고 같은 반이라 학교에서 내내 같이 있고 집에 돌아가서도 함께 공부했다. 나는 대충 집중하는 척만 하다가 현 옆에서 소설을 읽거나 드라마를 봤지만. 종종 현이 우리 집 거실에서 잠을 자서 거실 한쪽에는 전용 이불도 있었다.

초코 좀비가 되니까 대중교통을 이용하는 건 위험했고, 사람이 많은 곳은 더더욱 위험했다. 그래서 내가 걸어갈 수 있으며 사람이 별로 없는 한적한 곳에서만 친구들과 만날 수 있었다. 날씨와 온도도 중요했다. 너무 추워도, 너무 더워도, 비가 와도 안 됐다. 그렇지만 무엇보다도 내가 초코 좀비인 게 제일 불안했다.

언제 어떻게 될지 모른다는 생각에 초반에는 친구들과도 시간을 보내려고 했는데, 여자애들끼리 다니니까 만만했던지 시비를 많이 당했다. 며칠 전에 카페에서 앞 담화를 들은 건 별 것도 아니었다. 나 혼자만 당하면 모르겠는데, 진희와 사쿠라는 초코 좀비와 같이 다닌다는 이유만으로도 일반인 행세하는 초코 좀비 취급을 당하기도 하고, 냉대를 받은 적이 꽤 많아서 따로 만나기가 미안했다.

그걸 아니까 진희랑 사쿠라도 나와 함께 놀고 싶을 텐데도 거절해도 상관없다는 듯 지나가는 말처럼 꺼냈을 터였다. 평소였다면 현과 같이 있을 거라 했겠지만, 나도 친구들과 놀고 싶어서 가겠다고 했었다. 진희와 사쿠라가 얼마나 좋아하던지, 미안할 정도였다.

"있잖아 현아."

"응, 듣고 있어."

"바다 보고 싶지 않아?"

"괜찮아. 난 원래 바다보다 산을 더 좋아했어. 기억 안 나? 우리 예전에 정상 찍어보겠다고 두 손 두 발 다 써서 절벽 같은 곳을 기어서 올라갔었잖아."

"그런 적 없어."

단호하게 말하자 현의 눈이 조금 커지더니 눈을 내리깔고 가만히 생각에 잠겼다. 그 원래는 언제적의 원래야? 넌 등산하는 거 싫어하잖아. 내가 같이 가자고 겨우 졸라야 큰 각오를 하듯이 입을 꾹 다물고 고개를 아주 느리게 끄덕였잖아. 그리고 그렇게 험한 산은 가본 적 없잖아. 네가 기억하는 우리는 누구야?

"영화 본 걸 착각했나 봐. 그러게, 너는 산책길처럼 완만한 등산로를 좋아했지."

"해초 어항은? 그건 어떻게 됐어?"

"다 죽어서 정리했어."

"뭐…? 언제? 왜 말 안 했어?"

"별것도 아닌데 뭘 말해. 주말에 같이 나가자. 근처에 있을게. 혹시 모르잖아. 나는 괜찮으니까 재밌게 놀아,

알았지?"

그 해초어항 되게 아꼈잖아. 내가 바다를 좋아하니까 너도 좋아할 거라며 만들었다가 점점 더 정이 든다며 웃었잖아.

현은 현인데 점점 이상해진다. 나에게 다정하고 나를 중심으로 하루를 사는 현이 맞는데, 뭔가 이상하다. 현이 현이 아니게 될까 봐 무서웠다. 자리에 앉아 멍하니 핸드폰을 들어 습관적으로 웹사이트에 들어갔다. 내 전생을 알려준다는 엉터리 광고가 떠올랐다. 현과 나는 전생에서도 '우리'였던 걸까. 내가 전생을 떠올리면 우리는 정말 운명이라며 기뻐할 수 있을까. 광고를 가만히 보다가 망설임 없이 삭제했다. 내 전생은 강지민이고, 지금은 다시 태어난 강지민일 뿐이다.

5월 모의고사 날이었지만 오늘도 평소와 별다를 건 없었다. 아침이 되면 현이 날 깨우고, 나는 죽음과도 같은 잠에서 깨어났다. 뜨거운 요리가 없어서 식탁에 가까이 앉아 두런두런 이야기를 하며 가족들이 식사를 끝마치길 기다렸다가, 시간이 되면 교복으로 갈아입고 학교에 걸어갔다.

학교에서는 시험의 긴장감이 맴돌았다. 다들 일찍 도착해서 열심히 오답노트나 문제집을 들여다보고 있었다. 나도 눈치껏 공부하려 했지만 손에 잡히지 않아 교과서 위에 태블릿PC를 올려놓고 이어폰을 끼고 공부하는 척 동영상을 봤다. 재밌어서 웃음을 참느라 혼났다.

아홉 시가 되고 시험이 시작되었다. 어차피 모의고사라 성적에 영향을 주는 건 아니라서 대충 찍고 여백에 낙서했다. 그림도 그리고 본격적인 더위가 오기 전에 하고 싶은 것과 냉장창고 안에서 듣고 싶은 강의 목록을 적기도 했다. 아이들은 쉬는 시간이 되자 현의 시험지를 빌려 채점했다. 다른 반에서도 온 애들까지 뒤섞여 환호와 탄식을 내뱉었다. 어떤 아이들은 거기에 휩쓸리지 않고 수학 문제집을 꺼내 풀이과정을 보며 공부했다. 현은 그러거나 말거나 내 곁으로 와서 내가 한 낙서를 보며 웃었다.

점심시간이 됐지만, 시험 보느라 지쳤는지 급식실로 달려가는 아이들이 적었다. 다른 반도 마찬가지였는지 복도가 평소보다 조용했다. 예전의 나였으면 이때야말로 여유롭게 먹을 수 있을 거라며 제일 빨리 갔을 것이다. 배식하시는 급식실 이모님이 나를 무척이나 예뻐하셔서 내가 가면 맛있는 반찬을 왕창 담아주시기도 했다. 그때가 그립다 그리워….

이제는 먹지 못하니 점심 메뉴가 뭔지 상관없었지만, 현은 먹어야 하기 때문에 메뉴 체크는 늘 하고 있었다. 시험 보는 날은 특식이 나왔다. 오늘 메뉴는 미트볼 스파게티, 양송이버섯 스프, 양배추 흑임자 샐러드, 사과 푸딩이었다.

"오늘 점심 맛있을 거야. 급식실 이모님들이 스파게티면을 기가 막히게 삶잖아. 소스도 맛있고."

"나는 네가 만들어준 게 제일 맛있어. 이번 주말에 오일파스타 만들어 줘. 마늘쫑 많이 넣고."

"네가 만드는 거지 내가 만드는 거냐…. 그래, 왕창 넣고 만들자."

후식으로는 어떤 걸 만들까 이야기하고 있는데 어디선가 비웃는 소리가 들렸다. 저번에 복도에서 시비를 걸었던 여학생이었다. 가슴팍에 있는 명찰을 보니 카스티요 가람이라고 쓰여 있었다. 조안나와 같이 식사를 하려고 왔는지 조안나 책상 앞에, 그러니까 우리 근처 옆에 서 있었다. 카스티요 가람이 웃음기를 숨기지 않은 채 입을 열었다.

"아니, 좀비, 아차, 초코 좀비는 먹지도 못하는데 음식 이야기를 하는 게 웃겨서 그랬어. 미안."

말을 하면 말싸움으로 번질 것 같아 대꾸도 하지 않았다. 그러자 조안나의 옆에 있던 다른 여학생이 날카롭게 말했다.

"사람이 사과를 하면 받아줘야 하는 거 아니야? 초코 좀비가 되면 예의도 사라지니?"

"사과를 하면 내가 다 받아줘야 해?"

"뭐?"

"초코 좀비가 되면 예의가 사라지는 건 모르겠고, 네가 예의 없는 건 알겠다. 우리 둘이 하는 대화에 껴들고 비웃은 건 카스티요 가람 저 애야. 그리고 내가 치사해서 안 하려고 했는데, 너희가 이렇게 계속 유치하게 구니까 말할게. 교내 괴롭힘이랑 초코 좀비 차별금지법으로 신고당하고 싶어? 이번 대입 말아먹게 해줘? 이번 대입이 뭐야. 쭉 말아먹을 수 있겠네."

"미쳤어? 우리가 죽어라 공부해서 노리는 그 자리, 쉽게 갈 수 있으면 눈치껏 행동해야 하지 않아? 학교에 왔으면, 수험생이면 공부하는 척이라도 하라고!"

"내가 왜? 너희들도 무슨 무슨 전형 있으면 노릴 거잖아. 나는 왜 안 돼? 부러우면 너도 되던가. 아, 전염되는 게 아니었지. 되게 아쉽겠다. 좋은 대학 쉽게 갈 수 있는데 그러지 못해서. 너 어느 대학 무슨 과 갈 거야? 나도 거기 노려보게 알려줘 봐."

한껏 빈정거리면서 말하자 카스티요 가람을 비롯해

반에 남아있던 아이들 중 몇 명의 얼굴이 굳는 게 보였다. 대학입시가 중요한 아이들을 적으로 돌린 것 같지만 상관없었다. 이 중에서 졸업하고 볼 사이는 아무도 없었다.

"대학을 쉽게 갈 수 있다면 좀비가 될 거야. 좀비가 돼서 가고 싶은 대학 갈 거라고. 근데 안 되는 걸 어떡해? 열심히 노력하는 건 우리인데 네가 왜 우리 자리를 차지하는 거야? 역차별이야!"

"어디로 가려고? 의대? 공대? 수술하거나 연구하려고? 좀비가 돼서? 병원도 못가고 먼지 관리가 중요한 연구소는 당연히 못 가는데? 그럼 어디 가게? 법학과? 언어학과? 그러면 문과반을 갔겠고. 시각디자인학과? 어디? 가고 싶은 대학 어디로 갈 거냐고."

그렇게까지 자세하게 생각하진 않았는지 카스티요 가람이 입술을 잘근잘근 깨물었다.

"어디로 가든, 네가 노력하지 않고 자리를 차지한다는 건 변함없지 않아?"

늘 뒤에서 흑막처럼 가만히 있기만 했던 조안나가 입을 열었다. 궁지에 몰렸던 카스티요 가람이 기세등등해져서 고개를 끄덕였다. 조안나가 하는 말이 대입뿐만 아니라 아무 노력 없이 현의 옆자리를 차지하고 있다는 뜻처럼 들리기도 했다.

나는 아무렇지 않게 웃으며 말했다.

"그럼 정부에 말하던가. 그렇게 불만이면 일개 학생인 내가 아니라 정부에 말해야지. 내가 무슨 힘이 있겠어?"

"너 진짜 이기적이다. 오늘 아침에도 그래. 다들 공부하는데 너 혼자 예능 보더라? 복도로 나가서 보던가 교실에서 공부하는 척이라도 하던가. 너 때문에 분위기 다 흐려지는 거 알아? 그러면서 초코 좀비라는 이유로 좋은 대학, 좋은 과에 가겠다는 게 말이 돼? 거기서도 분위기 흐릴 게 뻔하잖아. 이미 차고 넘치게 배려를 받으면서 다른 사람들한테 폐 끼치진 말아야지."

듣고만 있던 아이들이 작게 고개를 끄덕였다. 평소에

나한테 큰 관심이 없던 아이들이 소곤거리면서 매서운 눈빛으로 나를 흘겨봤다. 내가 어떤 대학을 가더라도 그 자리를 빼앗은 거라고 생각할까? 난 꿈 자체를 잃어버렸는데.

"나는 요리사가 되고 싶었어. 내가 요리하면 너희들 먹을 거야?"

교실 안이 조용해졌다. 좀비가 요리한 음식을 떠올리니 속이 안 좋아졌는지 얼굴이 하얗게 질린 애도 있었다. 불을 안 쓰는 차가운 요리라면 지금이라도 어느 정도 만들 수는 있었다. 간은 못 보지만 위생에는 아무 문제 없이 맛있게 만들 수 있을 거다. 만들 수 있는 게 한정적이긴 하겠지만, 그래도 완성할 수는 있을 거다. 근데 안 먹을 거잖아. 공대 가서도 소설 쓰고, 미대 나왔는데 프로그래머가 될 수도 있잖아. 인생 모르는 거잖아. 나는 내가 원하는 진로가 있었는데 못 간다고. 내가 할 수 있는 취미도, 내가 갈 수 있는 장소도 한정적이라고. 짜증이 났지만 꾹 참고 교실을 둘러보며 활짝 웃었다.

"그럼 다들 밥 맛있게 먹어!"

자리에서 일어나자 현도 따라 일어났다. 내가 지나가자 아이들은 더러운 걸 피하듯 옆으로 갈라졌다. 문가에서 있던 진희와 사쿠라를 발견했지만 무슨 말을 해야 하는지 알 수 없어서 웃고 말았다.

현이 북적거리는 매점에서 먹을 걸 사 오는 사이에 나는 등나무가 빽빽하게 자라서 생긴 그늘 아래 있는 벤치에 자리 잡았다. 아무리 빽빽하다고 해도 사이사이에 구멍이 있는 건 어쩔 수 없는 일이라 바닥에 빛이 그물처럼 내려앉았다. 바람이 불 때마다 이파리가 한들거리며 빛그물도 일렁거렸다.

망설이다가 빛 아래로 발끝을 살짝 내밀었다. 발가락을 꼼지락거리다가 고개를 들어 운동장을 바라봤다. 모의고사라고 해도 점심시간만큼은 평소처럼 하고 싶었는지 강렬한 정오의 햇살 아래 운동장을 회전초밥처럼 돌거나 축구공을 차는 학생들이 보였다.

"발 집어넣어."

"왔어? 뭐 샀어?"

"발 얼른 그늘로 넣어."

"이 정도는 괜찮아."

"지민아."

나는 입술을 삐죽이며 쭉 뻗은 다리 살며시 구부렸다. 그제야 현이 내 옆에 앉았다. 나야 식욕이 아예 없으니까 기분이 나쁘다고 입맛이 떨어진다거나 하는 게 없지만, 현은 아까 그 일로 입맛이 떨어진 걸까. 먹지는 않고 빵과 초코 우유만 만지작거렸다.

"옛날이었으면 네가 이거 먹겠다고 가져갔을 텐데. 난 단 거 안 좋아하는데 네가 하도 뺏어 먹으니까 버릇처럼 사왔네."

그 말을 듣고 아무 말도 할 수 없었다. 나는 우유는 흰 우유밖에 먹지 않았다. 초코 우유가 먹고 싶으면 따로 가루를 타서 먹을지언정, 딸기 우유나 초코 우유에서 물맛이 나서 좋아하지 않기 때문이다.

작년에 현이 고열에 들떠 며칠 앓아누운 적이 있었다.

그때 나에게 전생이니 다시 만났다느니 운명이니 하며 즐겁게 말했다. 아프다고 넘어가지 말고 그게 무슨 말이냐고, 정신 차리라고 해야 했을까? 현이 내가 모르는 모습을 보일 때마다 그러지 말라고 말했어야 했을까? 아까 일 때문인지 낯선 현을 아무렇지 않게 대하는 게 조금 지쳤다.

"난 흰 우유만 먹잖아. 도대체 누가 뺏어 먹었어?"

"어… 그러니까….'

나도 놀랄 만큼 냉정하게 말하고 말았다. 현이 내 말을 듣고 머리가 아픈 듯 한 손으로 머리를 짚고 미간을 찡그렸다. 고통을 참기 위해 깨문 입술이 하얗게 질려 있었다. 고통이 심해지는 듯 양손으로 머리를 짚고 몸을 둥글게 말아 얼굴을 무릎 쪽으로 숙였다. 나는 그런 현의 모습에 당황하다가 팔을 크게 펴서 현을 끌어안았다. 가볍게 없는 것에 가까울지 몰라도 너는 나를 느낄 수 있잖아, 그치?

"현아, 이현. 내 반쪽 같은 현이야. 뱃속에서부터 함께

였던 현아. 네가 누구야?"

"나는, 나는… 이현. 이현이지…."

"나는?"

"지민이…."

현의 부서질 듯 연약한 목소리를 들으니 가슴이 아팠다. 파도는 하얗게 부서져도 바다로 돌아가는데, 네가 부서지면 어디로 돌아가는 걸까.

"우리, 바다 보러 가자."

"안 돼…."

이 와중에도 나를 위해 안 된다고 말하는 현이 웃기고 사랑스러웠다. 눈물이 나올 것 같았지만 나오는 건 없었다. 울고 싶어도 울 수 없어서 더 속상했다.

"우리 둘만 가자. 아직 그렇게 덥지 않으니까 괜찮을 거야. 지열이 있으니까 모래사장은 조심할게. 눈으로만 봐도, 바닷바람을 온몸으로 맞기만 해도 가슴이 탁 트일 것 같아. 내가 좋아해서 너도 좋아하게 된, 내가 물속에서 첨벙거리며 놀고 네가 따뜻한 모래사장에 앉아 웃던,

103

우리가 좋아하는 바다를 보러 가자."

"우리가 좋아하는 바다…. 응, 우리가 좋아하는 바다를 보러 가자…."

현을 더 강하게 끌어안고 싶었다. 너는 여기에 있다고, 이곳에 있으라고 온몸으로 붙잡고 싶었다. 우리는 한참을 그렇게 붙어 있었다. 현의 옷에 초콜릿이 묻어날 정도로 오랫동안.

다음날부터 학교에 안 갔다. 현도 가지 않겠다는 걸 겨우 말려서 보냈다. 내가 없으니 학교에서 아무 말도 하지 않고 가만히 있을 것 같아 걱정되기는 하지만 말이다. 진희와 사쿠라에게 현을 부탁한다고 전화를 걸었다가 학교가 난리 난 걸 들었다.

"뭐? 신고한다고 그랬다고?"

"아직 안 했어. 말만 했어, 말만! 녹음했으니 신고하면 처벌받을 거라고 했거든. 그러면 잘못했다고 빌어야 하는 거 아니야? 다른 애들은 사색이 됐는데 전교 2등은 왜 그렇게 멍청해? 자기가 뭘 잘못했냐고 바락바락 소리를 지르더라. 돈이 필요하면 협박하지 말고 말하라는데 어이가 없어서. 돈은 나도 충분히 벌고 있다고 같이 소리 질렀지. 오히려 선생님이 봐 줄 수 없냐고 말하는데 짜증나가지고. 공부만 잘하면 다야? 사람이 되어야지. 진짜 확 신고해버릴까 보다."

온라인 활동을 하면서 이런저런 일들을 겪고 신고, 고소 등을 해봤던 사쿠라가 투덜거렸다.

"사쿠라 엄청 멋있었어! 너도 같이 봤어야 하는 건데!"

"진희 너도 만만치 않았잖아. 애들한테 말 같지도 않은 개소리에 동조하지 말라고 당당하게 말하더라."

내가 눈물을 못 흘리는 거지 마음이 없는 건 아니다. 진희와 사쿠라가 어떻게 말하고 행동했을지가 그려지면서 마음이 찡해졌다.

"너희들 진짜 고마워…. 나 진짜 인생 잘 산 것 같아. 진짜로."

"아직 열아홉이면서 뭐래."

"진짜가 세 번 들어갔어. 이 정도면 거짓말 아냐?"

"진짜라고!"

우리는 와르르 웃었다. 애들이 말하는 걸 들으면서 몇 번 망설이다가 속삭이듯 말이 나왔다.

"나 바다에 가서 고백하려고."

"바다? 바다에 왜 가? 미쳤어?"

"고백? 드디어? 진짜로?"

"안 미쳤고, 진짜야."

"강지민이 드디어 하는구나! 이 언니는 눈물이 앞을 가린다! 내가 당장 이번에 새로 만든 원피스 퀵으로 보내줄게."

"우리가 따라가서 봐줄까?"

"미연시만 하니까 정신이 나갔냐? 어딜 따라가!"

둘이 투닥거리는 걸 들으니까 웃음이 절로 나왔다. 학교 갈 준비하라며 전화를 먼저 끊은 게 아쉬웠다. 바다에 갔다 와서도 계속 두 사람을 볼 수 있으면 좋을 텐데.

손에 있는 명함을 만지작거리다 걷다 보니 어느새 목적지에 도착했다. 전에 명함을 받은 빵집 '아이'였다. 붉은 벽돌로 단정하고 깔끔하게 지어진 작은 가게였다. 탁 트인 창가 너머로 원목 테이블이 두 개가 있었고 햇빛이 들지 않은 안쪽으로 뚜껑으로 덮인 빵들이 가지런히 있었다. 문을 열자 경쾌한 종소리가 울리고 저번에 봤던 제빵사 언니가 날 반갑게 맞이해 주었다.

"어서 와요! 헤매지는 않았어요?"

"안녕하세요. 한 번에 잘 찾아왔어요."

"주택가 골목에 있어서 헤매는 분들이 종종 있더라고요. 이쪽으로 들어와요."

매장 카운터를 넘어 안으로 들어가니 문이 두 개가 있었다. 하나는 빵을 만드는 공간으로 보였고, 하나는 나처럼 오는 손님을 위한 공간이었다. 방은 작았지만 깔끔했다. 책상 위에는 치료에 필요한 도구들이 가지런히 놓여 있었고, 전신거울도 있어서 예쁘게 잘 됐는지 확인할 수도 있었다.

"왼쪽 어깨랑 팔이라고 했죠? 커튼치고 이 옷으로 갈아입고 와요."

마사지샵에서 입을 법한 옷을 받아서 갈아입었다. 의자에 앉자 멍야오 언니가 손전등으로 내 몸을 자세하게 살폈다.

"무슨 일 있었어요? 초콜릿이 너무 많이 녹았어요. 혹시 햇빛 아래 서 있던 건 아니죠? 게다가 손상된 부위가 부위이니만큼 조심했어야 했는데…. 그나마 심장 쪽은 많이 녹지 않아서 다행이에요. 여긴 매끈하게 정리만 하면 되겠어요."

예전에 현의 눈물로 인해 어깨에서부터 쇄골 부분까지 손상 된 적이 있었다. 아무리 조심한다고 해도 부위가 부위인지라 시간이 지날수록 어깨에서부터 심장 부근까지 서서히 금이 갔다. 스트레스가 몸으로 오는 사람이 있다던데, 좀비가 돼서도 그런 건지 모르겠다. 차라리 팔 아래로 내려가면 좋은데 심장 쪽으로 내려온 게 아쉽긴 했지만 어쩔 수 없는 일이었다.

"예쁘게 잘 해주세요. 좋아하는 애한테 고백하려고 하거든요."

"…좋아요. 나만 믿어요. 최대한 조심스럽게 할게요."

초코 좀비를 치료할 할 때는 초콜릿을 잘 바르는 것보다 잘 녹이는 과정이 더 중요했다. 높은 온도의 무언가를 신체에 가까이 하면 초코 좀비는 공포에 질리기 마련이었다. 제빵사는 초코 좀비가 공포에 질리지 않게 배려하는 동시에 최대한 빠르고 깔끔하게 작업해야 했다. 명야오 언니가 능숙한 손놀림으로 손전등처럼 생긴 전열 기구를 내 팔과 어깨에 대고 다루는 걸 보니 긴장했던 마음이 한결 편해졌다.

"어디서 고백하려고요?"

"바다에서 할 거예요."

"네? 바다요?"

너무 놀랐는지 목소리가 뒤집혔다. 그러면서도 아이스 장갑을 낀 손으로 팔과 어깨를 꼼꼼하게 확인했다.

"제가 바다를 엄청 좋아하거든요. 파도 소리를 배경으로 하는 고백, 로맨틱하잖아요!"

그 외에도 요리사가 되고 싶었다거나 카페에서 쫓겨

난 이야기도 하고, 언니는 대로변에 매장을 내고 싶었으나 여기는 여기만의 맛이 있어서 좋다거나 내가 요리를 좋아한다니까 자기가 만든 케이크가 어떤 맛인지 상세하게 설명해주는 등 이런저런 이야기를 하며 작업을 이어갔다.

"언니 색감도 진짜 잘 뽑아내시네요. 엄청 멋있어요!"

"고마워요."

전신거울에 일반인일 때의 내 모습이 보였다. 정말 오랜만이었다. 언니가 색소 조합을 엄청 잘 해서 내 진짜 피부색과 구분할 수 없을 정도로 감쪽같이 보였다.

"안은 밀크 초콜릿으로 채우고, 겉에만 색소를 섞은 초콜릿을 발라서 괜찮긴 할 거예요. 그래도 손상이 가면 혹시 모르니까 바로 치료받으러 가야 해요. 알았죠?"

"네, 감사합니다!"

빵까지 한가득 사서 가게를 나왔다. 향긋한 버터 냄새와 달콤한 초콜릿 냄새가 진동해서 모르는 사람이 보면 일반인이 빵을 들고 가는 것처럼 보일 것이다. 더위를 많이 타는 사람이 초코 좀비 전용 옷을 입기도 하니까 더 초코 좀비처럼 보이지 않겠지.

이제 내일이면 바다에 간다.

우리가 면허가 있었으면 차를 타고 갔을 텐데, 둘 다 면허가 없어서 기차를 탈 수밖에 없었다. 엄청 자세히 보는 게 아니면 초콜릿을 바른 티가 나지 않는 데다가 아이스팩과 응급키트를 나눠 담은 작은 아이스박스 두 개, 커다란 가방까지 있으니 영락없이 주말을 맞이해 놀러 가는 모양새였다.

나는 진희가 보내준 반소매 남색 원피스를 입고, 현은 청바지에 하얀색 티를 입었다. 현이 입은 티의 목둘레에는 남색 파도 무늬 자수가, 내가 입은 원피스 밑단에는 하얀색 파도 무늬 자수가 있어서 커플처럼 보일 것 같다는 생각이 들었다. 괜한 시비도 없고 초코 좀비라고 바라보는 시선도 없어서 좋았다. 내 기분이 좋으니 현도 좋은지 괜히 고개를 숙여 오늘 날씨가 흐려서 좋다느니, 잘 붙어 다녀야 한다는 말을 속삭였다. 좁은 통로를 지나다가 우리를 보고 흐뭇한 표정을 짓는 사람도 있었다. 그동안 현이가 딱하다, 착하다 이러기나 했지, 내가 초코 좀비가 되면서부터 받을 수 없는 눈빛이었다.

기차에서 내려 택시를 타고 바닷가에 도착했다. 짐을 나눠 들려고 했지만 현이 양산이나 잘 들고 있으라고 해서 가만히 서 있을 수밖에 없었다. 무겁지도 않은지 등에는 가방을 메고 양손에 하나씩 아이스박스를 거뜬하게 들었다.

열이 전달될 게 뻔하니 모래사장에 돗자리를 펼 수는 없었다. 나무 데크가 있는 곳까지 가서 자리를 잡고 현이 짐을 정리하는 동안 주변을 둘러봤다. 하늘에는 그림 같은 하얀 구름이 잔뜩 있었다. 생크림을 풍성하게 짠 것 같기도 했고, 유화물감을 덧칠한 것 같기도 했다. 그리고 그 아래 보이는 바다란.

"너무 예뻐!"

아침에 현이 잘 닦아주고 정리해준 머리카락이 바람결에 흩날렸다. 현재 온도와 습도를 확인하자 32도에 73퍼센트였다. 나이가 많은 사람이었으면 이 날씨에도 덥다고 땀을 흘렸겠지만, 우리 또래는 더위에 익숙해지게 태어난 건지 괜찮았다. 일반인도 웬만한 더위에 땀을 흘리지 않으니, 색소를 섞어 기존 피부색에 맞춰 초콜릿을 바르면 초코 좀비와 일반인을 구분하기 어려웠다. 겉으로 티가 잘 나지 않아 정신 없이 놀다가 초콜릿이 아니라 신체가 손상되는 걸 눈치채지 못하면 망하겠지만 말이다. 현도 수시로 나를 살폈다. 다른 사람이 보기에는 애인을 살뜰히 아끼는 모습 같겠지?

"바다 가까이에 가면— 강지민!"

"와아아! 나 잡아봐라!"

어릴 때처럼 바다를 향해 성큼성큼 뛰어가자, 현이 손으로 잡지는 못하고 뒤에서 따라왔다. 예전에는 나보다 느렸는데 이제 키가 크고 다리도 길어서 그런지 재빠르게 내 앞을 막았다. 이대로 달려가서 안기고 싶었지만, 천천히 속도를 줄여 현 앞에 섰다.

"지금 뭐 하는 거야!"

"바다 보러 왔잖아."

"저기서도 충분히 볼 수 있잖아. 얼른 돌아가자."

"현아아. 여기까지 왔는데? 조금만 더 가까이에서 보면 안 돼?"

눈을 깜박이면서 입술을 삐죽였더니 굳었던 현의 얼굴이 사르르 풀리기 시작한다. 안 넘어갈 거라고 하면서 매번 이 표정을 보면 내가 하고 싶은 대로 하게 해준다.

"그럼 딱 5분만이야."

"양산 같이 쓰자."

"난 괜찮아. 조금만 각도 기울이자."

현이 양산대를 잡아 살짝 왼쪽으로 기울였다. 햇빛이 들어왔나 보다. 양산을 잘 들고 있는 걸 확인하고 옆으로 나란히 걸었다. 파도가 코앞까지 치는 곳에 멈추고 싶었지만 그건 안 됐는지 현이 발걸음을 멈췄다. 나도 더 가지 않고 멈춰섰다. 쏴아아아— 하는 파도소리가 더 선명하게 들렸다. 하얗게 부서지는 포말에 발을 담그고 싶었지만 여기 서 있는 자체가 위험했다. 그래도 아무것도 하지 않고 가만히 서서 바다를 직접 보고 느끼는 것만으로도 좋았다.

"5분 지났어. 가자."

"현아."

"더는 안 돼."

"너 대학 어디로 갈 거야? 역시 과는 해양생물학과로 갈 거지? 산호초들이 바다에서 무럭무럭 자랄 수 있게 열에 강해지도록 개량하고 싶다고 했었잖아."

"수호수연구학과로 갈 거야. 수호수를 연구하면 너를 다시 되돌릴 방법이 있어. 확실해."

누구를 어떻게 되돌리고 싶은 거냐고 묻고 싶었다. 네가 바라는 사람이 누구냐고, 그게 나는 맞냐고 확인받고 싶었다. 지금이라도 입을 열면 답을 들을 수 있을 터였다. 그러나 답을 들을 자신이 없었다. 현이 누구를 선택

할지 자신이 없는 게 슬펐다. 현은 분명 나를 선택할 것이다. 그러나 지금의 현이 내가 아는, 나와 늘 함께했던, 내가 좋아하는 현인지 확신할 수 없어 마음이 부서질 것 같았다. 심장 쪽으로 더 가깝게 금이 가는 느낌이 들었다.

이렇게 죽으나 저렇게 죽으나 어차피 죽을 목숨, 내가 하고 싶은 대로 할 거다.

"파도 소리 들으면서 자고 싶다."

"텐트는 쳐놨으니까 안에 아이스팩이랑 보냉천 둘러줄게. 정리하고 있을 테니까 조금만 더 있다가 와. 부르면 바로 와야 해."

현은 따가운 햇볕 아래를 성큼성큼 걸어 우리가 맡아둔 자리로 향했다. 햇살이 어찌나 강한지 눈이 부실 것 같았으나, 좀비라서 현의 모습을 또렷하게 볼 수 있었다.

5분만이라고 했으면서 이렇게 조금 더 바다를 볼 수 있게 챙겨준다. 이럴 때면 어릴 때부터 나와 함께 있던 현이라고 확신할 수 있었다. 50 대 50 상태에서 가끔 49 대 51로 나타나는 걸까? 아니면 100 대 0이다가 갑자기 0 대 100으로 바뀌는 걸까? 현이 무슨 생각이든 상관없었다. 어차피 난 늘 내가 하고 싶은 대로 했고, 현은 그런 나를 따라왔으니까.

나는 현과 반대 방향으로 걸었다. 운동화가 순식간에 젖으면서 발걸음이 무거워졌으나 아랑곳하지 않고 물속으로 들어갔다.

"야! 너 이현 맞지! 내가 좋아하는, 내 소꿉친구 이현! 내가 뭘 좋아하고 뭘 싫어하는지 전부 아는 이현!"

"너 지금 뭐 하는 거야!"

현이 얼른 뛰어서 물속으로 들어왔다. 나를 붙잡고 잡아당길 수 없어서 얼굴이 하얗게 질린 채 얼른 나가자고 소리치기만 했다. 나는 양산을 내팽개친 채 현의 목에 팔을 두르고 까치발을 들었다. 코가 닿을 정도로 가까워지자 현이 입을 다물었다. 내 눈에는 현이, 현의 눈에는 내가 온전히 담겨 있었다.

"나 이제 의식 끊을 건데, 나를 깨우는 사람이 이현이어야 해. 다른 사람은 안 돼. 아니면 나 안 일어날 거야. 알지? 너 말고 나 아무도 못 깨우는 거. 내가 좋아하는 사람은 너야, 현아. 내가 많이 좋아해. 아주 많이."

눈을 뜬 채 입을 맞췄다. 현도 똑같이 눈을 뜬 채였다. 짧지만 강렬한 입맞춤을 하고 웃었다.

"이따 봐."

몸을 뒤로 젖히고 물속으로 천천히 잠겨 들었다. 편안하게 일렁거리는 파도에 몸을 맡기고 어느새 구름이 사라진 하늘을 올려다봤다. 귓가에 내 이름을 애타게 부르는 현의 목소리와 나를 끌어안은 현의 손길을 느끼며 의식을 끊었다. 천천히 감기는 시야 사이로 눈물을 뚝뚝 흘리는 현이 들어왔다.

아, 그때 봤던 그 눈물이다.

작가의 말

안녕하세요, 김청귤입니다.

이번 소설은 어떻게 읽으셨는지 궁금해집니다. 이 소설을 구상한 건 몇 년 전이었는데, 초코 좀비와 첫사랑이라는 설정 외에는 쓰면서 많이 달라졌어요. 사람을 잡아먹는 좀비가 아니라 그저 죽었다가 되살아난 사람이라면? 우리의 이웃이라면? 우리는 말하고 생각하는 좀비를 어떻게 받아들일 것인가?

이런 생각에서 이 소설을 쓰게 됐습니다. 세계관을 위해 이런저런 설정을 덧붙였지만, 본질은 이방인, 낯선 존재를 어떻게 대할 것이며, 누구나 그런 존재가 될 수 있다는 걸 생각해야 한다는 것입니다. 그러니 다정과 친절을 가슴 안에 담고 있으면 좋겠습니다.

이 책을 읽은 모든 분께 감사드립니다. 가끔은 힘들고 지칠 때가 있겠지만, 그보다 더 많이 즐겁고 행복하시길 바라겠습니다.

감사합니다.

2024년 봄

김청귤